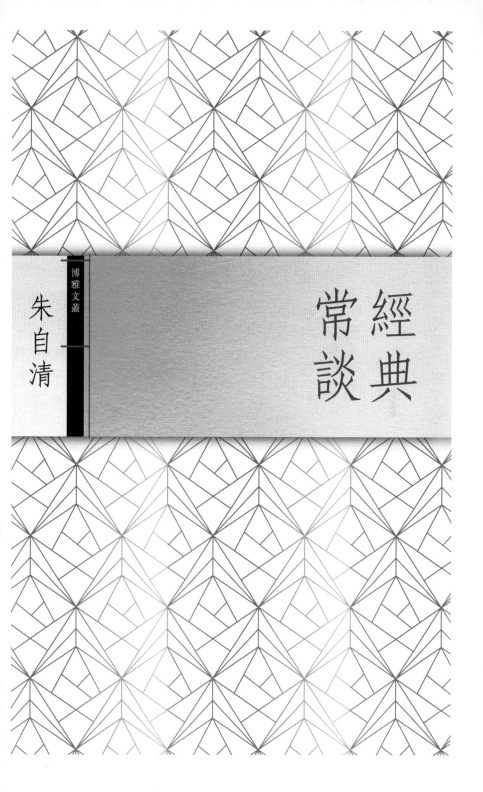

博雅文叢

朱自清

經典常談

www.cosmosbooks.com.hk

書　　名　經典常談

著　　者　朱自清

責任編輯　宋寶欣

封面設計　何志恆

出　　版　天地圖書有限公司

　　　　　香港皇后大道東109-115號

　　　　　智群商業中心15字樓（總寫字樓）

　　　　　電話：2528 3671　傳真：2865 2609

　　　　　香港灣仔莊士敦道30號地庫／1樓（門市部）

　　　　　電話：2865 0708　傳真：2861 1541

印　　刷　美雅印刷製本有限公司

　　　　　香港九龍觀塘榮業街 6 號海濱工業大廈4字樓A室

　　　　　電話：2342 0109　傳真：2790 3614

發　　行　香港聯合書刊物流有限公司

　　　　　香港新界大埔汀麗路36號中華商務印刷大廈3字樓

　　　　　電話：2150 2100　傳真：2407 3062

出版日期　2017年7月／初版・香港

目錄

「博雅文叢」總序

　　「博雅教育」，英文稱為 General Education，又譯作「通識教育」。

　　甚麼是「通識教育」呢？依「維基百科」的「通識教育」條目所說：「其一是通才教育；其二是指全人格教育。通識教育作為近代開始普及的一門學科，其概念可上溯至先秦時代的六藝教育思想，在西方則可追溯到古希臘時期的博雅教育意念。」歐美國家的大學早就開設此門學科。

　　在兩岸三地，「通識教育」是一門較新的學科，涉及的又是跨學科的知識。概而言之，乃是有關人文、社科，甚至理工科、新媒體、人工智能等未來科學的多方面的古今中外的舊常識、新知識的普及化介紹，等等。因而，學界歷來對其「定義」抱有

各種歧見。依台灣學者江宜樺教授在「通識教育系列座談（一）會議紀錄」（2003.2）所指陳，暫時可歸納為以下幾種：

一、通識就是如（美國）哥倫比亞大學、哈佛大學所認定的 Liberal arts。

二、如芝加哥大學認為：通識應該全部讀經典。

三、要求學生不只接觸 Liberal arts，也要人文社會科學學生接觸一些理工、自然科學學科；理工、自然科學學生接觸一些人文社會學，這是目前最普遍的作法。

四、認為通識教育是全人教育、終身學習。

五、傾向生活性、實用性、娛樂性課程。好比寶石鑑定、插花、茶道。

六、以講座方式進行通識課程。（從略）

近十年來，香港的大專院校開設「通識教育」學科，列為大學教育體系中必要的一環，因應於此，香港的高中教育課程已納入「通識教育」，香港高級程度會考也有通識科目。自 2012 年開始的第一屆香港中學文憑考試，通識教育科被列入四大必修科

目之一，考生入讀大學必須至少考取最低門檻的「第二級」的成績。在可預見的將來，在高中教育課程中，通識教育的份量將會越來越重。

在互聯網技術蓬勃發展的大數據時代，搜索功能的巨大擴展使得手機、網絡閱讀、搜索成為最常使用的獲取知識的手段，但網上資訊氾濫，良莠不分，所提供的內容知識未經嚴格編審，有許多望文生義、張冠李戴及不嚴謹的錯誤資料，謬種流傳，誤人子弟，造成一種偽知識的「快餐式」文化。這種情況令人擔心。

有感於此，我們認為應該及時為香港教育的這一未來發展趨勢做一套有益於中學生的「通識教育」叢書，針對學生知識過於狹窄、為應試而學習的不良傾向去編選一套「博雅文叢」。錢穆先生曾主張：要讀經典。他在一次演講中還指出：「此時的讀書，是各人自願的，不必硬求記得，也不為應考試，亦不是為着做學問專家或是寫博士論文，這是極輕鬆自由的，只如孔子所言：『默而識之』便得。」我們希望這套叢書能藉此向香港的莘莘學子們提倡深度閱讀，擴大文史知識，博學強聞，以春風化雨，潤物無聲的形式為求學青年培育人文知識的養份。

本編委會從上述六個有關通識教育的範疇中，以第一條作為選擇的方向，以第二條的芝加哥大學認定的「通識應該全部讀經典」作為該系列的推廣形式，換言之，就是向年輕讀者推薦人文學科的經典之作，以便高中生未雨綢繆，入讀大學後可順利與通識教育科目接軌。

　　這個系列將邀請在香港教學第一線的老師、相關專家、學者及有識之士，組成編輯委員會，分類推出適合中學生閱讀的人文經典之作，包括中外古今的文學、藝術等人文學科。雖作為學生的課餘閱讀之作，但期冀能以此薰陶、培育、提高學生的人文素養，全面發展，同時，也可作為成年人終身學習、補充新舊知識的有益讀物。

博雅文叢　編委會

2017 年 5 月

導　讀

　　朱自清（1898-1948），原籍浙江紹興，生於江蘇海州（今連雲港市），原名自華，號秋實，字佩弦。他出生於一個書香門第，因祖父、父親均定居揚州，故又自稱：「揚州人」。他是中國現代文學史上的重要人物，乃著名的詩人、散文家與學者，其散文作品如《匆匆》、《背影》、《荷塘月色》、《春》、《綠》等，都膾炙人口。

　　他 1916 年考入北京大學，1919 年開始發表新詩，1928 年第一本散文集《背影》出版。早年就是中國現代文學史上最著名的文學團體「文學研究會」早期成員，1931 年 5 月赴英國留學。1932 年 7 月，任清華大學中國文學系主任。抗戰時期，北大、清華、南開大學等南遷昆明，成立西南聯大，他出任中國文學系主任。這本《經典常談》就是他寫於西南聯大時的著作，充份展現了他作為一位研究大家的學術功力。

為甚麼會選用這本書作為「博雅文叢」系列的開篇呢？

近八十年前，朱自清應當時的「教育部教育委員會」委託，為配合教委會所訂《國文課程標準》撰寫一本介紹中國經典文化的書，受眾對象主要是在校初中教育以上的學生。教育當局考慮到 1919 年五四新文化運動之後，全國興起新學堂教育，實行白話教學，舊式私塾以「子曰詩云」的四書五經為主的課程日漸式微，官方生恐受新式教育的學生的中國古典文史知識也因此退化，遂籌備以古代經典來推廣傳統文化的普及工作，因而請朱自清這位熟知古代經典的作家以「學術隨筆」的形式及深入淺出的白話文來寫一本書。結果直至 1942 年，國難方殷，朱自清才寫成這本不到二百頁的小書。當時正值抗戰最艱苦時期，此書由陪都重慶的國民圖書出版社出版，或有以經典激勵民氣及民族節操之效，亦是朱自清著作中出版發行量最大、再版最多的一部。

中國的經典古籍浩如煙海，要以這麼一本薄薄的小冊子來敍述、解析這些重要經典的大要，且是以通暢明白的白話文來撰寫，真的是一項艱巨的工作。西南聯大當時搬遷至昆明，生活條件十分清貧，

而朱自清身兼中文系主任，除了教學之外，還有許多系務要做，正是在這種艱難的環境之中，他以三年之功完成了這部著作。

全書共分十三篇，《說文解字》第一，《周易》第二，《尚書》第三，《詩經》第四，「三禮」第五，「春秋三傳」第六（《國語》附），「四書」第七，《戰國策》第八，《史記》、《漢書》第九，諸子第十，辭賦第十一，詩第十二，文第十三。對這十三篇中國傳統文化典籍的淵源及其演變進行明晰的介紹與分析，既簡明扼要，又旁及許多古代文化及典籍；可以說，全書以「經典」之作串起一條國學的文、史、哲的發展演變鏈條。

朱自清在自序中指出：「我國經典，未經整理，讀起來特別難，一般人往往望而生畏，結果是敬而遠之。」遠至宋代，朱子（熹）注「四書」，一種作用就是使「四書」普及於一般人。他是成功的，他的「四書注」後來成了「小學」教科書。

朱自清本着的正是這種注釋法，強調這部書以經典為主，以書為主，但不以「經學」、「史學」、「諸子書」等作綱領。其次，他自謙是編撰者，吸收的是當代各方面研究專家的意見，譬如顧頡剛先生以

白話文譯《尚書》的識見、雷海宗先生尚未付梓的《中國通史選讀》講義、陳夢家先生的《中國文字學》稿本等等。朱自清是謙遜、謹慎的學人，他兼收並蓄，採用了當時各個學科研究家的成果，這本書其實就是那一時期人文學界研究成果的總體水平的微觀體現。

在這部書的寫作中，他充份考慮到讀者的古文讀解的程度及難處，用非常淺顯的文字來解釋這些經典，加上他是一位著名的現代散文大家，其筆端常常流淌着一種親切的情感。

舉個例子，此文第一篇從倉頡造字開始，因為「識字是教育的初步」，而「識字需要字書」。但倉頡造字的傳說，戰國末期才有。在「倉頡造字」的傳說中，有「天雨粟，鬼夜哭」的一句，歷來人們都解釋為：當倉頡造字成功後，天上下起了雨粟，鬼域夜哭狼嚎。就是因為漢字出，驚天動地，從此以後，「造化不能藏其密，故天雨粟；靈怪不能遁其形，故鬼夜哭」。但是，朱自清卻以這樣通曉易解的一段文字為之作新的解釋：「人有了文字，會變機靈了，會爭着去做那容易賺錢的商人，辛辛苦苦去種地的便少了。天怕人不夠吃的，所以降下米

來讓他們存着救急。鬼也怕這些機靈人用文字來制他們，所以夜裏嚎哭。」然後筆鋒一轉，說到先民時代，「文字原是有巫術的作用的，但倉頡造字的傳說，戰國末期才有」，因為那時無論「政治方面，學術方面，都感到統一的需要了，鼓吹的也有人了。……這時候抬出一個造字的聖人，實在是統一文字的預備功夫」。真是舉一反三，言簡意賅！

再舉一例：《周易》第二講到《周易》這部被孔子讀得滾瓜爛熟的經典。朱自清從人們生活中常見的「八卦」及其傳說說起，論述伏羲與《河圖》、《洛書》的關係及甲骨占卜的演進之後，明快地指出：《周易》現在已經變成了儒家經典的第一部；但早期的儒家還沒注意到這部書。孔子是不講怪、力、亂、神的。《周易》變成儒家經典，亦是在戰國末期。那時候陰陽家的學說盛行，儒家大約受了他們的影響，才研究起這部書來。到了漢代《周易》便已跳到《六經》之首了。但另一方面，陰陽八卦與五行結合起來，三位一體，演變出後來醫卜星相種種迷信，種種花樣，支配着一般民眾，勢力也非常雄厚。因此，朱自清得出結論：「儒家的周易是哲學化了的；民眾的《周易》倒是巫術的本來面目。」確是了了

分明，一語中的。證之於今日，尤是如此。

近年興起的博雅教育理念，其實早在七十多年前就由朱自清先生等中國文化學者做前驅。他們這一代人承上啓下，正處於數千年傳統文化逐漸退出歷史舞台中央，新文化運動登場、方興未艾的交接時期，既通古今之變又放眼未來。這本浸透了作者心血的著作，歷經滄海桑田之變，幾十年來依舊在台灣、香港及內地大受大、中學語文老師的喜愛，可見它本身亦成為一部經典了。

在今日的網絡時代，這本濃縮了中華傳統文化經典的小書雖然只有 188 頁的篇幅，卻包涵了豐富的文化通識。朱自清先生的文筆固然優美流暢，淺白有趣，但還是讓今日修讀中文、歷史科的大學本科生以下的在讀學子對古代經典「望而生畏」，而對傳統經典的閱讀更加興味索然。其原因，一是缺乏學術訓練，讀解困難；二是覺得枯燥無味兼及年代久遠，似已失現實實用之意。

為了讓更多非專業研究的青年讀者便於閱讀，除了保持朱先生的注釋之外，我們在新編中增加了一些簡注，特地為延伸閱讀而設置「互動欄」，希望讓青年學生獲得相關的思考啓發，有助讀者更好

地閱讀古文經典，期待能夠為這本《經典常談》注入與時俱進、適合香港本土博雅教育的輔助元素。

這是一個信息爆炸的時代，青年讀者能否從各種喧囂及誘惑中抽身返回到平靜的書桌前，靜下心來認真地讀一讀這本《經典常談》？我們相信這本小書對於讀者的文化通識，了解中國傳統經典將會大有幫助！

孫立川

2017 年 6 月 12 日

作者序

　　在中等以上的教育裏，經典訓練應該是一個必要的項目。經典訓練的價值不在實用，而在文化。有一位外國教授說過，閱讀經典的用處，就在教人見識經典一番。這是很明達的議論。再說做一個有相當教育的國民，至少對於本國的經典，也有接觸的義務。本書所謂經典是廣義的用法，包括群經、先秦諸子、幾種史書、一些集部；要讀懂這些書，特別是經、子，得懂「小學」，就是文字學，所以《說文解字》等書也是經典的一部份。我國舊日的教育，可以說整個兒是讀經的教育。經典訓練成為教育的唯一的項目，自然偏枯失調；況且從幼童時代就開始，學生食而不化，也徒然摧殘了他們的精力和興趣。新式教育施行以後，讀經漸漸廢止。民國以來雖然還有一兩回中小學讀經運動，可是都失敗了，大家認為是開倒車。另一方面，教育部制定的初中國文課程標準裏卻有「使學生從本國語言文字上，了解

固有文化」的話，高中的標準裏更有「培養學生讀解古書，欣賞中國文學名著之能力」的話。初高中的國文教材，從經典選錄的也不少。可見讀經的廢止並不就是經典訓練的廢止，經典訓練不但沒有廢止，而且擴大了範圍，不以經為限，又按着學生程度選材，可以免掉他們囫圇吞棗的弊病。這實在是一種進步。

我國經典，未經整理，讀起來特別難，一般人往往望而生畏，結果是敬而遠之。朱子似乎見到了這個，他注「四書」，一種作用就是使「四書」普及於一般人。他是成功的，他的「四書」注後來成了小學教科書。又如清初人選注的《史記菁華錄》，價值和影響雖然遠在「四書」注之下，可是也風行了幾百年，幫助初學不少。但到了現在這時代，這些書都不適用了。我們知道清代「漢學家」對於經典的校勘和訓詁貢獻極大。我們理想中一般人的經典讀本——有些該是全書，有些只該是選本節本——應該盡可能地採取他們的結論：一面將本文分段，仔細地標點，並用白話文作簡要的注釋。每種讀本還得有一篇切實而淺明的白話文導言。這需要見解、學力和經驗，不是一個人一個時期所能成就的。商務

印書館編印的一些《學生國學叢書》，似乎就是這番用意，但離我們理想的標準還遠着呢。理想的經典讀本既然一時不容易出現，有些人便想着先從治標下手。顧頡剛先生用淺明的白話文譯《尚書》，又用同樣的文體寫《漢代學術史略》，用意便在這裏。這樣辦雖然不能教一般人直接親近經典，卻能啟發他們的興趣，引他們到經典的大路上去。這部小書也只是向這方面努力的工作。如果讀者能把它當作一隻船，航到經典的海裏去，編撰者將自己慶幸，在經典訓練上，盡了他做尖兵的一份兒。可是如果讀者念了這部書，便以為已經受到了經典訓練，不再想去見識經典，那就是以筌為魚，未免辜負編撰者的本心了。

這部書不是「國學概論」一類。照編撰者現在的意見，「概論」這名字容易教讀者感到自己滿足；「概論」裏好像甚麼都有了，再用不着別的——其實甚麼都只有一點兒！「國學」這名字，和西洋人所謂「漢學」一般，都未免籠統的毛病。國立中央研究院的歷史語言研究所分別標明歷史和語言，不再渾稱「國學」，確是正辦。這部書以經典為主，以書為主，不以「經學」「史學」「諸子學」等作綱

領。但〈詩〉、〈文〉兩篇，卻還只能敍述源流；因為書太多了，沒法子一一詳論，而集部書的問題，也不像經、史、子的那樣重要，在這兒也無需詳論。書中各篇的排列按照傳統的經史子集的順序；並照傳統的意見將「小學」書放在最前頭。各篇的討論，盡量採擇近人新說；這中間並無編撰者自己的創見，編撰者的工作只是編撰罷了。全篇的參考資料，開列在各篇後面；局部的，隨處分別注明。也有襲用成說而沒有注出的，那是為了節省讀者的注意力；一般的讀物和考據的著作不同，是無需乎那樣嚴格的。末了兒編撰者得謝謝楊振聲先生，他鼓勵編撰者寫下這些篇常談。還得謝謝雷海宗先生允許引用他還沒有正式印行的《中國通史選讀》講義，陳夢家先生允許引用他的《中國文字學》稿本。還得謝謝董庶先生，他給我鈔了全份清稿，讓排印時不致有太多的錯字。

朱自清

三十一年（公元 1942 年）二月，

昆明西南聯合大學

《説文解字》第一

　　中國文字相傳是黃帝的史官叫倉頡的造的。這倉頡據説有四隻眼睛，他看見了地上的獸蹄兒鳥爪兒印着的痕跡，靈感湧上心頭，便造起文字來。文字的作用太偉大了，太奇妙了，造字真是一件神聖的工作。但是文字可以增進人的能力，也可以增進人的巧詐。倉頡洩漏了天機，卻將人教壞了。所以他造字的時候，「天雨粟，鬼夜哭。」人有了文字，會變機靈了，會爭着去做那容易賺錢的商人，辛辛苦苦去種地的便少了。天怕人不夠吃的，所以降下米來讓他們存着救急。鬼也怕這些機靈人用文字來制他們，所以夜裏嚎哭；[1] 文字原是有巫術的作用的。但倉頡造字的傳説，戰國末期才有。那時人並不都相信，如《易‧繫辭》裏就只説文字是「後世聖人」造出來的。這「後世聖人」不止一人，是許多人。

1　作者注：《淮南子‧本經訓》及高誘注。

我們知道，文字不斷地在演變着；說是一人獨創，是不可能的。《繫辭》的話自然合理得多。

「倉頡造字說」也不是憑空起來的。秦以前是文字發生與演化的時代，字體因世因國而不同，官書雖是系統相承，民間書卻極為龐雜。到了戰國末期，政治方面，學術方面，都感到統一的需要了，鼓吹的也有人了；文字統一的需要，自然也在一般意識之中。這時候抬出一個造字的聖人，實在是統一文字的預備工夫，好教人知道「一個」聖人造的字當然是該一致的。《荀子·解蔽篇》說，「好書者眾矣，而倉頡獨傳者，一也」，「一」是「專一」的意思，這兒只說倉頡是個整理文字的專家，並不曾說他是造字的人；可見得那時「倉頡造字說」還沒有凝成定型。但是，倉頡究竟是甚麼人呢？照近人的解釋，「倉頡」的字音近於「商契」，造字的也許指的是商契。商契是商民族的祖宗。「契」有「刀刻」的義；古代用刀筆刻字，文字有「書契」的名稱。可能因為這點聯繫，商契便傳為造字的聖人。事實上商契也許和造字全然無涉，但這個傳說卻暗示着文字起於夏商之間。這個暗示也許是值得相信的。至於倉頡是黃帝的史官，始見於〈說文序〉。「倉頡造字說」

大概凝定於漢初，那時還沒有定出他是哪一代的人；〈說文序〉所稱，顯然是後來加添的枝葉了。

識字是教育的初步。《周禮‧保氏》說貴族子弟八歲入小學，先生教給他們識字。秦以前字體非常龐雜，貴族子弟所學的，大約只是官書罷了。秦始皇統一了天下，他也統一了文字；小篆成了國書，別體漸歸淘汰，識字便簡易多了。這時候貴族階級已經沒有了，所以漸漸注重一般的識字教育。到了漢代，考試史、尚書史（書記秘書）等官兒，都只憑識字的程度；識字教育更注重了。識字需要字書。相傳最古的字書是《史籀篇》，是周宣王的太史籀作的。這部書已經佚去，但許慎《說文解字》裏收了好些「籀文」，又稱為「大篆」，字體和小篆差不多，和始皇以前三百年的碑碣器物上的秦篆簡直一樣。所以現在相信這只是始皇以前秦國的字書。「史籀」是「書記必讀」的意思，只是書名，不是人名。

始皇為了統一文字，教李斯作了《倉頡篇》七章，趙高作了《爰歷篇》六章，胡母敬作了《博學篇》七章。所選的字，大部份還是《史籀篇》裏的，但字體以當時通用的小篆為準，便與「籀文」略有

不同。這些是當時官定的標準字書。有了標準字書，文字統一就容易進行了。漢初，教書先生將這三篇合為一書，單稱為《倉頡篇》。秦代那三種字書都不傳了；漢代這個《倉頡篇》，現在殘存着一部份。西漢時期還有些人作了些字書，所選的字大致和這個《倉頡篇》差不多。其中只有史遊的《急就篇》[①]還存留着。《倉頡篇》殘篇四字一句，兩句一韻。《急就篇》不分章而分部，前半三字一句，後半七字一句，兩句一韻；所收的都是名姓、器物、官名等日常用字，沒有說解。這些書和後世「日用雜字」相似，按事類收字——所謂分章或分部，都據事類而言。這些一面供教授學童用，一面供民眾檢閱用，所收約三千三百字，是通俗的字書。

東漢和帝時，有個許慎，作了一部《說文解字》。這是一部劃時代的字書。經典和別的字書裏的字，他都搜羅在他的書裏，所以有九千字。而且小篆之外，兼收籀文「古文」；「古文」是魯恭王所得孔子宅「壁中書」及張倉所獻《春秋左氏傳》的字體，大概是晚周民間的別體字。許氏又分析偏旁，定出

---

① 編者注（本書以數字和帶圈數字區分作者注與編者注）：
又名《急就章》，「急就」即「速成」之意，現以「急就章」指倉促完成某事。

部首，將九千字分屬五百四十部首。書中每字都有說解，用晚周人作的《爾雅》，揚雄的《方言》，以及經典的注文的體例。這部書意在幫助人通讀古書，並非只供通俗之用，和秦代及西漢的字書是大不相同的。它保存了小篆和一些晚周文字，讓後人可以溯源沿流；現在我們要認識商周文字，探尋漢以來字體演變的軌跡，都得憑這部書。而且不但研究字形得靠它，研究字音字義也得靠它。研究文字的形音義的，以前叫「小學」，現在叫文字學。從前學問限於經典，所以說研究學問必須從小學入手；現在學問的範圍是廣了，但要研究古典、古史、古文化，也還得從文字學入手。《說文解字》是文字學的古典，又是一切古典的工具或門徑。

〈說文序〉提起出土的古器物，說是書裏也搜羅了古器物銘的文字，便是「古文」的一部份，但是漢代出土的古器物很少；而拓墨的法子到南北朝才有，當時也不會有拓本，那些銘文，許慎能見到的怕是更少。所以他的書裏還只有秦篆和一些晚周民間書，再古的可以說是沒有。到了宋代，古器物出土的多了，拓本也流行了，那時有了好些金石圖錄考釋的書。「金」是銅器，銅器的銘文稱為金文。

銅器裏鐘鼎最是重器 ②，所以也稱為鐘鼎文。這些銘
文都是記事的。而宋以來發見的銅器大都是周代所
作，所以金文多是兩周的文字。清代古器物出土的
更多，而光緒二十五年（公元 1899 年）河南安陽發
現了商代的甲骨，尤其是劃時代的。甲是龜的腹甲，
骨是牛胛骨。商人鑽灼甲骨，以卜吉凶，卜完了就
在上面刻字紀錄。這稱為甲骨文，又稱為卜辭，是
盤庚（約公元前 1300 年）以後的商代文字。這大概
是最古的文字了。甲骨文、金文，以及《説文》裏
所謂「古文」，還有籀文，現在統統算作古文字，
這些大部份是文字統一以前的官書。甲骨文是「契」
的；金文是「鑄」的。鑄是先在模子上刻字，再倒
銅。古代書寫文字的方法除「契」和「鑄」外，還
有「書」和「印」，因用的材料而異。「書」用筆，
竹木簡以及帛和紙上用「書」。「印」是在模子上
刻字，印在陶器或封泥上。² 古代用竹木簡最多，戰
國才有帛；紙是漢代才有的。筆出現於商代，卻只
用竹木削成。竹木簡、帛、紙，都容易壞，漢以前的，
已經蕩然無存了。

2　古代簡牘用泥封口，在泥上蓋印。

②　瑰寶珍品。

造字和用字有六個條例，稱為「六書」。「六書」這個總名初見於《周禮》，但六書的各個的名字到漢人的書裏才見。一是「象形」，象物形的大概，如「日」「月」等字。二是「指事」，用抽象的符號，指示那無形的事類，如「二」（上）「二」（下）兩個字，短畫和長畫都是抽象的符號，各代表着一個物類。「二」指示甲物在乙物之上，「二」指示甲物在乙物之下。這「上」和「下」兩種關係便是無形的事類。又如「刃」字，在「刀」形上加一點，指示刃之所在，也是的。三是「會意」，會合兩個或兩個以上的字為一個字，這一個字的意義是那幾個字的意義積成的，如「止」「戈」為「武」，「人」「言」為「信」等。四是「形聲」，也是兩個字合成一個字，但一個字是形，一個字是聲；形是意符，聲是音標。如「江」「河」兩字，「氵」（水）是形，「工」「可」是聲。但聲也有兼義的。如「淺」「錢」「賤」三字，「水」「金」「貝」是形，同以「戔」為聲；但水小為「淺」，金小為「錢」，貝小為「賤」，三字共有的這個「小」的意義，正是從「戔」字來的。象形、指事、會意、形聲，都是造字的條例；形聲最便，用處最大，所以我們的形聲字最多。五是「轉

注」，就是互訓。兩個字或兩個以上的字，意義全部相同或一部份相同，可以互相解釋的，便是轉注字，也可以叫做同義字。如「考」「老」等字，又如「初」「哉」「首」「基」等字；前者同形同部，後者不同形不同部，卻都可以「轉注」。同義字的孳生，大概是各地方言不同和古今語言演變的緣故。

六是「假借」，語言裏有許多有音無形的字，借了別的同音的字，當作那個意義用。如代名詞，「予」「汝」「彼」等，形況字「猶豫」「孟浪」③「關關」④「突如」等，虛助字「於」「以」「與」「而」「則」「然」「也」「乎」「哉」等，都是假借字。又如「令」，本義是「發號」，借為縣令的「令」；「長」本義是「久遠」，借為縣長的「長」。「縣令」「縣長」是「令」「長」的引申義。假借本因有音無字，但以後本來有字的也借用別的字。所以我們現在所用的字，本義的少，引申義的多，一字數義，便是這樣來的。這可見假借的用處也很廣大。但一字借成數義，頗不容易分別。晉以來通行了四聲，這才將同一字分讀幾個音，讓意義分得開些。如「長遠」的「長」平聲，「縣長」

③ 言行輕率。
④ 象聲詞，象鳥鳴。

的「長」讀上聲之類。這樣，一個字便變成幾個字了。轉注假借都是用字的條例。

象形字本於圖畫。初民常以畫記名，以畫記事，這便是象形的源頭。但文字本於語言，語言發於聲音，以某聲命物，某聲便是那物的名字。這是「名」，「名」該只指聲音而言。畫出那物形的大概，是象形字。「文字」與「字」都是通稱；分析的説，象形的字該叫做「文」，「文」是「錯畫」的意思。[3]「文」本於「名」，如先有「日」名，才會有「日」這個「文」；「名」就是「文」的聲音。但物類無窮，不能一一造「文」，便只得用假借字。假借字以聲為主，也可以叫做「名」。一字借為數字，後世用四聲分別，古代卻用偏旁分別，這便是形聲字。如「⊠」[5]本像箕形，是「文」，它的「名」是「ㄐ」。而日期的「期」，旗幟的「旗」，麒麟的「麒」等，在語言中與「⊠」同聲，卻無專字，便都借用「⊠」字。後來才加「月」為「期」，加「㲋」為「旗」，加「鹿」為「麒」，一個字變成了幾個字。嚴格地説，

---

3 《説文解字》文部。

⑤ 「其」本義為簸箕。

形聲字才該叫做「字」，「字」是「孳乳⑥而漸多」的意思。⁴象形有抽象作用，如一畫可以代表任何一物，「二」（上）「二」（下）「一」「二」「三」其實都可以說是象形。象形又有指示作用，如「刀」字上加一點，表明刃在那裏。這樣，舊時所謂指事字其實都可以歸入象形字。象形還有會合作用，會合兩個或兩個以上的分子，表示一個意義；那麼，舊時所謂會意字其實也可以歸入象形字。但會合成功的不是「文」，也該是「字」。象形字、假借字、形聲字，是文字發展的邏輯的程序，但甲骨文裏三種字都已經有了。這裏所說的程序，是近人新說，和「六書說」頗有出入。六書說原有些不完備不清楚的地方，新說加以補充修正，似乎更可信些。

秦以後只是書體演變的時代。演變的主因是應用，演變的方向是簡易。始皇用小篆統一了文字，不久便又有了「隸書」。當時公事忙，文書多，書記雖遵用小篆，有些下行文書，卻不免寫得草率些。日子長了，這樣寫的人多了，便自然而然成了一體，稱為「隸書」；因為是給徒隸⑦等下級辦公人看的。

4　〈說文解字序〉。
⑥　繁衍、派生之意。
⑦　服勞役的犯人。

這種字體究竟和小篆差不多。到了漢末，才漸漸變了，橢圓的變為扁方的，「斂筆」變為「挑筆」。這是所謂漢隸，是隸書的標準。晉唐之間，又稱為「八分書」。漢初還有草書，從隸書變化，更為簡便。這從清末以來在新疆和敦煌發現的漢晉間的木簡裏最能見出。這種草書，各字分開，還帶着挑筆，稱為「章草」。魏晉之際，又嫌挑筆費事，改為斂筆，字字連書，以一行或一節為單位。這稱為「今草」。隸書方整，去了挑筆，又變為「正書」。這起於魏代。晉唐之間，卻稱為「隸書」，而稱漢隸為「八分書」。晉代也稱為「楷書」。宋代又改稱為「真書」。正書本也是扁方的，到陳隋的時候，漸漸變方了。到了唐代，又漸漸變長了。這是為了好看。正書簡化，便成「行書」，起於晉代。大概正書不免於拘，草書不免於放，行書介乎兩者之間，最為適用。但現在還通用着正書，而輔以行草。一方面卻提倡民間的「簡筆字」，將正書行書再行簡化；這也還是求應用便利的緣故。

參考資料

1、《說文解字》敍。

2、容庚《中國文字學》。

3、陳夢家《中國文字學》稿本。

《說文解字》第一

試猜猜以下三個甲骨文、金文字，即是現代漢語哪三個字？

1、羊

2、無（「無」本義為「舞」）

3、集（「集」本義為「鳥群聚在樹上」。「隹」是短尾鳥的總名，有時「隹」「鳥」可混用，例如「雞」「鷄」）

《周易》第二

　　在人家門頭上，在小孩的帽飾上，我們常見到八卦那種東西。八卦是聖物；放在門頭上，放在帽飾裏，是可以辟邪的。辟邪還只是它的小神通；它的大神通在能夠因往知來，預言吉凶。算命的，看相的，卜課的，都用得着它。他們普通只用五行生剋的道理就夠了，但要詳細推算，就得用陰陽和八卦的道理。八卦及陰陽五行和我們非常熟習；這些道理直到現在還是我們大部份人的信仰；我們大部份人的日常生活不知不覺之中教這些道理支配着。行人不至，謀事未成，財運欠通，婚姻待決，子息[①]不旺，乃至種種疾病疑難，許多人都會去求籤問卜，算命看相，可見影響之大。講五行的經典，現在有《尚書‧洪範》；講八卦的便是《周易》。

　　八卦相傳是伏羲氏畫的。另一個傳說卻說不是他自出心裁畫的。那時候有匹龍馬從黃河裏出來，

---

　　① 子孫。

背着一幅圖，上面便是八卦，伏羲只照着描下來罷了。但這因為伏羲是聖人，那時代是聖世，天才派了龍馬賜給他這件聖物。所謂「河圖」，便是這個。那講五行的洪範，據說也是大禹治水時在洛水中從一隻神龜背上得着的，也出於天賜。所謂「洛書」，便是那個。但這些神怪的故事顯然是八卦和五行的宣傳家造出來抬高這兩種學說的地位的。伏羲氏恐怕壓根兒就沒有這個人，他只是秦漢間儒家假託的聖王。至於八卦，大概是有了筮法以後才有的。商民族是用龜的腹甲或牛的胛骨卜吉凶，他們先在甲骨上鑽一下，再用火灼；甲骨經火，有裂痕，便是兆象，卜官細看兆象，斷定吉凶；然後便將卜的人、卜的日子、卜的問句等用刀筆刻在甲骨上。這便是卜辭。卜辭裏並沒有陰陽的觀念，也沒有八卦的痕跡。

卜法用牛骨最多，用龜甲是很少的。商代農業剛起頭，遊獵和畜牧還是主要的生活方式。那時牛骨頭不缺少，到了周代，漸漸脫離遊牧時代，進到農業社會了。牛骨頭便沒有那麼容易得了。這時候卻有了筮法，作為卜法的輔助。筮法只用些蓍草，那是不難得的。蓍草是一種長壽草，古人覺得這草

和老年人一樣，閱歷多了，知道的也就多了，所以用它來占吉凶。筮的時候用它的稈子；方法已不能詳知，大概是數的。取一把蓍草，數一下看是甚麼數目，看是奇數還是偶數，也許這便可以斷定吉凶。古代人看見數目整齊而又有變化，認為是神秘的東西。數目的連續、循環以及奇偶，都引起人們的驚奇。那時候相信數目是有魔力的，所以巫術裏用得着它。——我們一般人直到現在，還嫌惡奇數，喜歡偶數，該是那些巫術的遺跡。那時候又相信數目是有道理的，所以哲學裏用得着它。我們現在還說，凡事都有定數，這就是前定的意思；這是很古的信仰了。人生有數，世界也有數，數是算好了的一筆賬；用現在的話說，便是機械的。數又是宇宙的架子，如說太極生兩儀，兩儀生四象，[1] 就是一生二、二生四的意思。筮法可以說是一種巫術，是靠了數目來判斷吉凶的。

八卦的基礎便是一二三的數目。整畫「－」是一；斷畫「--」是二；三畫疊而成卦是三。這樣配出八個卦，便是 ☰☱☲☳☴☵☶☷；乾、兌、

1　二語見《易‧繫辭》。太極是混沌的元氣，兩儀是天地，四象是日月星辰。

離、震、艮、坎、巽、坤，是這些卦的名字。那整
畫斷畫的排列，也許是在排列着蓍草時觸悟出來的。
八卦到底太簡單了，後來便將這些卦重 ② 起來，兩
卦重作一個，按照算學裏錯列與組合的必然，成了
六十四卦，就是《周易》裏的卦數。蓍草的應用，
也許起於民間；但八卦的創製，六十四卦的推演，
巫與卜官大約是重要的腳色。古代巫與卜官同時也
就是史官，一切的記載，一切的檔案，都掌管在他
們手裏。他們是當時知識的權威，參加創卦或重卦
的工作是可能的。筮法比卜法簡便得多，但起初人
們並不十分信任它。直到春秋時候，還有「筮短龜
長」的話。[2] 那些時代，大概小事才用筮，大事還得
用卜的。

　　筮法襲用卜法的地方不少。卜法裏的兆象，據
說有一百二十體，每一體都有十條斷定吉凶的「頌」
辭。[3] 這些是現成的辭。但兆象是自然的灼出來的，
有時不能湊合到那一百二十體裏去，便得另造新辭。
筮法裏的六十四卦，就相當於一百二十體的兆象。

2　《左傳》僖公四年。
3　《周禮・春官・太卜》。
②　謂將八卦重疊成六十四卦，即「重卦」。

那斷定吉凶的辭，原叫做繇辭，「繇」是抽出來的意思。《周易》裏一卦有六畫，每畫叫作一爻──六爻的次序是由下向上數的。繇辭是屬於卦的總體的，有屬於各爻的；所以後來分稱為卦辭和爻辭。這種卦爻辭也是卜筮官的占筮紀錄，但和甲骨卜辭的性質不一樣。

從卦爻辭裏的歷史故事和風俗制度看，我們知道這些是西周初葉的紀錄，紀錄裏好些是不連貫的，大概是幾次筮辭並列在一起的緣故。那時卜筮官將這些卦爻辭按着卦爻的順序編輯起來，便成了《周易》這部書。「易」是「簡易」的意思③，是說筮法比卜法簡易的意思。本來呢，卦數既然是一定的，每卦每爻的辭又是一定的，檢查起來，引申推論起來，自然就「簡易」了。不過這只在當時的卜筮官如此。他們熟習當時的背景，卦爻辭雖「簡」，他們卻覺得「易」。到了後世就不然了，筮法久已失傳，有些卦爻辭簡直就看不懂了。《周易》原只是當時一部切用的筮書。

《周易》現在已經變成了儒家經典的第一部；

---

③ 據東漢鄭玄等人解釋，「易」共有簡易、變易、不易三種意思。

但早期的儒家還沒注意這部書。孔子是不講怪、力、亂、神的。《論語》裏雖有「五十以學《易》，可以無大過矣」的話，但另一個本子作「五十以學，亦可以無大過矣」；[4] 所以這句話是很可疑的。孔子只教學生讀《詩》、《書》和《春秋》，確沒有教讀《周易》。《孟子》稱引《詩》、《書》，也沒說到《周易》。《周易》變成儒家的經典，是在戰國末期。那時候陰陽家的學說盛行，儒家大約受了他們的影響，才研究起這部書來。那時候道家的學說也盛行，也從另一面影響了儒家。儒家就在這兩家學說的影響之下，給《周易》的卦爻辭作了種種新解釋。這些新解釋並非在忠實的確切的解釋卦爻辭，其實倒是借着卦爻辭發揮他們的哲學。這種新解釋存下來的，便是所謂《易傳》。

《易傳》中間較有系統的是彖辭和象辭。彖辭斷定一卦的涵義——「彖」就是「斷」的意思。象辭推演卦和爻的象，這個「象」字相當於現在所謂「觀念」。這個字後來成為解釋《周易》的專門名詞。但彖辭斷定的涵義，象辭推演的觀念，其實不

---

4 《古論語》作「易」，《魯論語》作「亦」。

是真正從卦爻裏探究出來的；那些只是作傳的人傅會④在卦爻上面的。這裏面包含着多量的儒家倫理思想和政治哲學；象辭的話更有許多和《論語》相近的。但說到「天」的時候，不當作有人格的上帝，而只當作自然的道，卻是道家的色彩了。這兩種傳似乎是編纂起來的，並非一人所作。此外有《文言》和《繫辭》。《文言》解釋乾坤兩卦；《繫辭》發揮宇宙觀人生觀，偶然也有分別解釋卦爻的話。這些似乎都是抱殘守缺，彙集眾說而成。到了漢代，又新發現了《說卦》、《序卦》、《雜卦》三種傳。《說卦》推演卦象，說明某卦的觀念象徵着自然界和人世間的某些事物，譬如乾卦象徵着天，又象徵着父之類。《序卦》說明六十四卦排列先後的道理。《雜卦》比較各卦意義的同異之處。這三種傳據說是河內一個女子在甚麼地方找着的，後來稱為《逸易》；其實也許就是漢代人作的。

八卦原只是數目的巫術，這時候卻變成數目的哲學了。那整畫「—」是奇數，代表天，那斷畫「--」是偶數，代表地。奇數是陽數，偶數是陰數；陰陽的觀念是從男女來的。有天地，不能沒有萬物，正

---

④　同「附會」。

和有男女就有子息一樣，所以三畫才能成一卦。卦是表示陰陽變化的；《周易》的「易」，也便是變化的意思。為甚麼要八個卦呢？這原是算學裏錯列與組合的必然，但這時候卻想着是萬象的分類。乾是天，是父等；坤是地，是母等；震是雷，是長子等；巽是風，是長女等；坎是水，是心病等；離是火，是中女等；艮是山，是太監等；兌是澤，是少女等。這樣，八卦便象徵着也支配着整個的大自然，整個的人間世了。八卦重為六十四卦，卦是複合的，卦象也是複合的，作用便更複雜更具體了。據説伏羲神農黃帝堯舜一班聖人看了六十四卦的象，悟出了種種道理，這才製造了器物，建立了制度、耒耜以及文字等等東西，「日中為市」等等制度，都是他們從六十四卦推演出來的。

這個觀象製器的故事，見於《繫辭》。《繫辭》是最重要的一部《易傳》。這傳裏借着八卦和卦爻辭發揮着的融合儒道的哲學，和觀象製器的故事，都大大的增加了《周易》的價值，抬高了它的地位。《周易》的地位抬高了，關於它的傳説也就多了。《繫辭》裏只説伏羲作八卦；後來的傳説卻將重卦的，作卦爻辭的，作《易傳》的人，都補出來了。但這

些傳說都比較晚，所以有些參差，不盡能像「伏羲畫卦說」那樣成為定論。重卦的人，有說是伏羲的，有說是神農的，有說是文王的。卦爻辭有說全是文王作的；有說爻辭是周公作的；有說全是孔子作的。《易傳》卻都說是孔子作的。這些都是聖人。《周易》的經傳都出於聖人之手，所以和儒家所謂道統關係特別深切；這成了他們一部傳道的書。所以到了漢代，便已跳到《六經》之首了。[5] 但另一面陰陽八卦與五行結合起來，三位一體的演變出後來醫卜星相種種迷信，種種花樣，支配着一般民眾，勢力也非常雄厚。這裏面儒家的影響卻很少了，大部份還是《周易》原來的卜筮傳統的力量。儒家的《周易》是哲學化了的；民眾的《周易》倒是巫術的本來面目。

參考資料

1、顧頡剛〈周易卦爻辭中的故事〉（《古史辨》第三冊上）。

2、李鏡池〈易傳探原〉（同上）。

3、余永梁〈易卦爻辭的時代及其作者〉（同上）。

---

5 《莊子·天運篇》和《莊子·天下篇》所說《六經》的次序是《詩》、《書》、《禮》、《樂》、《易》、《春秋》，到了《漢書·藝文志》，便成了《易》、《書》、《詩》、《禮》、《樂》、《春秋》了。

互動欄

《周易》第二

　　常見的八卦圖。中間一黑一白代表陰陽二氣混和未分，亦即太極。各位知道太極八卦後來成為哪門宗教重要的概念嗎？

———————————————————————

　　道教

《尚書》第三

　　《尚書》是中國最古的記言的歷史。所謂記言，其實也是記事，不過是一種特別的方式罷了。記事比較的是間接的，記言比較的是直接的。記言大部份照說的話寫下來；雖然也須略加剪裁，但是盡可以不必多費心思。記事需要化自稱為他稱，剪裁也難，費的心思自然要多得多。

　　中國的記言文是在記事文之先發展的。商代甲骨卜辭大部份是些問句，記事的話不多見。兩周金文也還多以記言為主。直到戰國時代，記事文才有了長足的進展。古代言文大概是合一的；說出的寫下的都可以叫做「辭」。卜辭我們稱為「辭」，《尚書》的大部份其實也是「辭」。我們相信這些辭都是當時的「雅言」[1]，就是當時的官話或普通話。但傳到後世，這種官話或普通話卻變成詰屈聱牙的古

1　「雅言」見《論語·述而》。

語了。

　　《尚書》包括虞夏商周四代；大部份是號令，就是向大眾宣佈的話，小部份是君臣相告的話。也有記事的；可是照近人的説數，那記事的幾篇，大都是戰國末年人的製作，應該分別的看。那些號令多稱為「誓」或「誥」，後人便用「誓」「誥」的名字來代表這一類。平時的號令叫「誥」，有關軍事的叫「誓」。君告臣的話多稱為「命」；臣告君的話卻似乎並無定名，偶然有稱為「謨」[2]的。這些辭有的是當代史官所記，有的是後代史官追記。當代史官也許根據親聞，後代史官便只能根據傳聞了。這些辭原來似乎只是説的話，並非寫出的文告；史官紀錄，意在存作檔案，備後來查考之用。這種古代的檔案，想來很多，留下來的卻很少。漢代傳有〈書序〉，來歷不詳，也許是周秦間人所作。有人説，孔子刪《書》為百篇，每篇有序，説明作意。這卻缺乏可信的證據。孔子教學生的典籍裏有《書》，倒是真的。那時代的《書》是個甚麼樣子，已經無從知道。「書」原是紀錄的意思；[3]大約那所謂「書」

2　《説文解字》言部，「謨，議謀也。」
3　《説文解字》書部，「書，著也。」

只是指當時留存着的一些古代的檔案而言；那些檔案恐怕還是一件件的，並未結集成書。成書也許是在漢人手裏。那時候這些檔案留存着的更少了，也更古了，更稀罕了；漢人便將它們編輯起來，改稱《尚書》。「尚」，「上」也；《尚書》據說就是「上古帝王的書」[4]。「書」上加一「尚」字，無疑的是表示着尊信的意味。至於《書》稱為「經」，始於《荀子》；[5]不過也是到漢代才普遍罷了。

儒家所傳的「五經」中，《尚書》殘缺最多，因而問題也最多。秦始皇燒天下詩書及諸侯史記，並禁止民間私藏一切書。到漢惠帝時，才開了書禁；文帝接着更鼓勵人民獻書。書才漸漸見得着了。那時傳《尚書》的只有一個濟南伏生。[6]伏生本是秦博士。始皇下詔燒詩書的時候，他將《書》藏在牆壁裏。後來兵亂，他流亡在外。漢定天下，才回家；檢查所藏的《書》，已失去數十篇，剩下的只二十九篇了。他就守着這一些，私自教授於齊魯之間。文帝知道了他的名字，想召他入朝。那時他已九十多歲，

4　《論衡·正説篇》。
5　《荀子·勸學篇》。
6　裴駰《史記集解》引張晏曰：「伏生名勝，伏氏碑云。」

不能遠行到京師去。文帝便派掌故官晁錯來從他學。伏生私人的教授，加上朝廷的提倡，使《尚書》流傳開去。伏生所藏的本子是用「古文」寫的，還是用秦篆寫的，不得而知；他的學生卻只用當時的隸書鈔錄流布。這就是東漢以來所謂《今尚書》或《今文尚書》。漢武帝提倡儒學，立「五經」博士；宣帝時每經又都分家數①立官，共立了十四博士。每一博士各有弟子員若干人。每家有所謂「師法」或「家法」，從學者必須嚴守。這時候經學已成利祿的途徑，治經學的自然就多起來了。《尚書》也立下歐陽（和伯）大小夏侯（夏侯勝、夏侯建）三博士，卻都是伏生一派分出來的。當時去伏生已久，傳經的儒者為使人尊信的緣故，竟有硬説《尚書》完整無缺的。他們説，二十九篇是取法天象的，一座北斗星加上二十八宿，不正是二十九嗎！[7]這二十九篇，東漢經學大師馬融、鄭玄都給作過注；可是那些注現在差不多亡失乾淨了。

漢景帝時，魯恭王為了擴展自己的宮殿，去拆毀孔子的舊宅。在牆壁裏得着「古文」經傳數十篇，

7　《論衡‧正説篇》。
①　宗派。

其中有《書》。這些經傳都是用「古文」寫的；所謂「古文」，其實只是晚周民間別體字。那時恭王肅然起敬，不敢再拆房子，並且將這些書都交還孔家的主人孔子的後人叫孔安國的。安國加以整理，發見其中的《書》比通行本多出十六篇；這稱為《古文尚書》。武帝時，安國將這部書獻上去。因為語言和字體的兩重困難，一時竟無人能通讀那些「逸書」，所以便一直壓在皇家圖書館裏。成帝時，劉向、劉歆父子先後領校皇家藏書。劉向開始用《古文尚書》校勘今文本子，校出今文脫簡及異文各若干。哀帝時，劉歆想將《左氏春秋》、《毛詩》、《逸禮》及《古文尚書》立博士；這些都是所謂「古文」經典。當時的「五經」博士不以為然，劉歆寫了長信和他們爭辯。[8] 這便是後來所謂今古文之爭。

今古文之爭是西漢經學一大史蹟。所爭的雖然只在幾種經書，他們卻以為關係孔子之道即古代聖帝明王之道甚大。「道」其實也是幌子，骨子裏所爭的還在祿位與聲勢；當時今古文派在這一點上是一致的。不過兩派的學風確也有不同處。大致今文

8　《漢書》本傳。

派繼承先秦諸子的風氣，「思以其道易天下」[9]，所以主張通經致用。他們解經，只重微言大義；而所謂微言大義，其實只是他們自己的歷史哲學和政治哲學。古文派不重哲學而重歷史，他們要負起保存和傳佈文獻的責任；所留心的是在章句訓詁典禮名物之間。他們各得了孔子的一端，各有偏畸的地方。到了東漢，書籍流傳漸多，民間私學日盛。私學壓倒了官學，古文經學壓倒了今文經學；學者也以兼通為貴，不再專主一家。但是這時候「古文」經典中《逸禮》即《禮》古經已經亡佚，《尚書》之學，也不昌盛。

東漢初，杜林曾在西州（今新疆境）得漆書《古文尚書》一卷，非常寶愛，流離兵亂中，老是隨身帶着。他是怕「《古文尚書》學」會絕傳，所以這般珍惜。當時經師賈逵、馬融、鄭玄都給那一卷《古文尚書》作注，從此《古文尚書》才顯於世。[10] 原文「《古文尚書》學」直到賈逵才真正開始；從前是沒有甚麼師說的。而杜林所得只一卷，絕不如孔壁所出的多。學者竟愛重到那般地步。大約孔安國獻

9 　語見章學誠《文史通義‧言公》上。
10 　《後漢書‧楊倫傳》。

的那部《古文尚書》，一直埋沒在皇家圖書館裏，民間也始終沒有盛行，經過西漢末年的兵亂，便無聲無臭的亡失了罷。杜林的那一卷，雖經諸大師作注，卻也沒傳到後世；這許又是三國兵亂的緣故。《古文尚書》的運氣真夠壞的，不但沒有能夠露頭角，還一而再地遭到了些冒名頂替的事兒。這在西漢就有。漢成帝時，因孔安國所獻的《古文尚書》無人通曉，下詔徵求能夠通曉的人。東萊有個張霸，不知孔壁的書還在。便根據〈書序〉，將伏生二十九篇分為數十，作為中段，又採《左氏傳》及〈書序〉所說，補作首尾，共成《古文尚書百二篇》。每篇都很簡短，文意又淺陋。他將這偽書獻上去。成帝教用皇家圖書館藏着的孔壁《尚書》對看，滿不是的。成帝便將張霸下在獄裏，卻還存着他的書，並且聽它流傳世間。後來張霸的再傳弟子樊並謀反，朝廷才將那書毀廢；這第一部偽《古文尚書》就從此失傳了。

到了三國末年，魏國出了個王肅，是個博學而有野心的人。他偽作了《孔子家語》、《孔叢子》，[11]

_____

11　《家語》託名孔安國，《孔叢子》託名孔鮒。

又偽作了一部孔安國的《古文尚書》，還帶着孔安國的傳。他是個聰明人，偽造這部《古文尚書》孔傳，是很費了心思的。他採輯群籍中所引「逸書」，以及歷代嘉言，改頭換面，巧為聯綴，成功了這部書。他是參照漢儒的成法，先將伏生二十九篇分割為三十三篇，另增多二十五篇，共五十八篇，[12] 以合於東漢儒者如桓譚、班固所記的《古文尚書》篇數。所增各篇，用力闡明儒家的「德治主義」，滿紙都是仁義道德的格言。這是漢武帝罷黜百家，專崇儒學以來的正統思想，所謂大經大法，足以取信於人。只看宋以來儒者所口誦心維的「十六字心傳」[13]，正在他偽作的《大禹謨》裏，便見出這部偽書影響之大。其實《尚書》裏的主要思想，該是「鬼治主義」，像〈盤庚〉等篇所表現的。「原來西周以前，君主即教主，可以為所欲為，不受甚麼政治道德的拘束。逢到臣民不聽話的時候，只要抬出上帝和先祖來，自然一切解決。」這叫做「鬼治主義」。「西周以後，因疆域的開拓，交通的便利，富力的增加，文

---

12 桓譚《新論》作五十八，《漢書‧藝文志》自注作五十七。
13 見真德秀《大學衍義》。所謂十六字是：「人心惟危，道心惟微，惟精惟一，允執厥中。」在偽《大禹謨》裏，是舜對禹的話。

化大開。自孔子以至荀卿、韓非，他們的政治學說都建築在人性上面。尤其是儒家，把人性擴張得極大。他們覺得政治的良好只在誠信的感應；只要君主的道德好，臣民自然風從，用不到威力和鬼神的壓迫。」這叫做「德治主義」。[14] 看古代的檔案，包含着「鬼治主義」思想的，自然比包含着「德治主義」思想的可信得多。但是王肅的時代早已是「德治主義」的時代；他的偽書所以專從這裏下手。他果然成功了。只是詞旨坦明，毫無詰屈聱牙之處，卻不免露出了馬腳。

晉武帝時候，孔安國的《古文尚書》曾立過博士；[15] 這《古文尚書》大概就是王肅偽造的。王肅是武帝的外祖父，當時即使有懷疑的人，也不敢說話。可是後來經過懷帝永嘉之亂，這部偽書也散失了，知道的人很少。東晉元帝時，豫章內史梅賾發見了它，便拿來獻到朝廷上去。這時候偽《古文尚書》孔傳便和馬、鄭注的《尚書》並行起來了。大約北方的學者還是信馬、鄭的多，南方的學者才是信偽孔的多。等到隋統一了天下，南學壓倒了北學，馬、

14　以上引顧頡剛〈盤庚中篇今譯〉（《古史辨》第二冊）。
15　《晉書·荀崧傳》。

鄭《尚書》，習者漸少。唐太宗時，因章句繁雜，詔令孔穎達等編撰《五經正義》；高宗永徽四年（公元653年），頒行天下，考試必用此本。《正義》成了標準的官書，經學從此大統一。那《尚書正義》便用的偽《古文尚書》孔傳。偽孔定於一尊，馬、鄭便更沒人理睬了；日子一久，自然就殘缺了，宋以來差不多就算亡了。偽《古文尚書》孔傳如此這般冒名頂替了一千年，直到清初的時候。

這一千年中間，卻也有懷疑偽《古文尚書》孔傳的人。南宋的吳棫首先發難。他有《書稗傳》十三卷，[16] 可惜不傳了。朱子因孔安國的「古文」字句皆無整，又平順易讀，也覺得可疑。[17] 但是他們似乎都還沒有去找出確切的證據。至少朱子還不免疑信參半；他還採取偽《大禹謨》裏「人心」「道心」的話解釋「四書」，建立道統呢。元代的吳澄才斷然的將伏生今文從偽古文分出；他的《尚書纂言》只注解今文，將偽古文除外。明代梅鷟著《尚書考異》，更力排偽孔，並找出了相當的證據。但是嚴密鈎稽 ②

16　陳振孫《直齋書錄解題》四。
17　見《朱子語類》七十八。
②　查考。

決疑定讞③的人，還得等待清代的學者。這裏該提出三個可尊敬的名字。第一是清初的閻若璩，著《古文尚書疏證》，第二是惠棟，著《古文尚書考》；兩書辨析詳明，證據確鑿，教偽孔體無完膚，真相畢露。但將作偽的罪名加在梅賾頭上，還不免未達一間④。第三是清中葉的丁晏，著《尚書餘論》，才將真正的罪人王肅指出。千年公案，從此可以定論。這以後等着動手的，便是搜輯漢人的伏生《尚書》說和馬、鄭注。這方面努力的不少，成績也斐然可觀；不過所能做到的，也只是抱殘守缺的工作罷了。伏生《尚書》從千年迷霧中重露出真面目，清代諸大師的勞績是不朽的。但二十九篇固是真本，其中也還該分別的看。照近人的意見，《周書》大都是當時史官所記，只有一二篇像是戰國時人託古之作。《商書》究竟是當時史官所記，還是周史官追記，尚在然疑之間。《虞書》、《夏書》大約多是戰國末年人託古之作，只〈甘誓〉那一篇許是後代史官追記的。這麼着，《今文尚書》裏便也有了真偽之分了。

---

③ 定案、定論。
④ 未能通達，還差一點。

參考資料

1、王先謙《尚書孔傳參正序例》及卷三十六《偽孔安國序》。

2、顧頡剛〈論今文尚書著作時代書〉（《古史辨》第一冊）。

《尚書》第三

《尚書》不單涉及今古文之爭，更有真偽之別；你認為一部書要引起爭辯，甚至有人冒名頂替，需要具備哪些條件？

《詩經》第四

　　詩的源頭是歌謠。上古時候，沒有文字，只有唱的歌謠，沒有寫的詩。一個人高興的時候或悲哀的時候，常願意將自己的心情訴說出來，給別人或自己聽。日常的言語不夠勁兒，便用歌唱；一唱三嘆的叫別人迴腸盪氣。唱嘆再不夠的話，便手也舞起來了，腳也蹈起來了，反正要將勁兒使到了家。碰到節日，大家聚在一起酬神作樂，唱歌的機會更多。或一唱眾和，或彼此競勝。傳說葛天氏的樂八章，三個人唱，拿着牛尾，踏着腳，[1] 似乎就是描寫這種光景的。歌謠越唱越多，雖沒有書，卻存在人的記憶裏。有了現成的歌兒，就可借他人酒杯，澆自己塊壘 ①；隨時揀一支合適的唱唱，也足可消愁解悶。若沒有完全合適的，盡可刪一些改一些，到稱意為止。流行的歌謠中往往不同的詞句並行不悖，

1　《呂氏春秋·古樂篇》。
①　喻鬱積於心的不平或愁悶。

就是為此。可也有經過眾人修飾，成為定本的。歌謠真可說是「一人的機鋒，多人的智慧」了。[2]

歌謠可分為徒歌和樂歌。徒歌是隨口唱，樂歌是隨着樂器唱。徒歌也有節奏，手舞腳蹈便是幫助節奏的；可是樂歌的節奏更規律化些。樂器在中國似乎早就有了，《禮記》裏說的土鼓土槌兒、蘆管兒，[3] 也許是我們樂器的老祖宗。到了《詩經》時代，有了琴瑟鐘鼓，已是洋洋大觀了。歌謠的節奏最主要的靠重疊或叫複遝；本來歌謠以表情為主，只要翻來覆去將情表到了家就成，用不着費話。重疊可以說原是歌謠的生命，節奏也便建立在這上頭。字數的均齊，韻腳的調協，似乎是後來發展出來的。有了這些，重疊才在詩歌裏失去主要的地位。

有了文字以後，才有人將那些歌謠紀錄下來，便是最初的寫的詩了。但紀錄的人似乎並不是因為欣賞的緣故，更不是因為研究的緣故。他們大概是些樂工，樂工的職務是奏樂和唱歌；唱歌得有詞兒，一面是口頭傳授，一面也就有了唱本兒。歌謠便是

2　英美吉特生《英國民歌論說》。譯文據周作人《自己的園地》〈歌謠〉章。
3　「土鼓」「蕢桴」見《禮運》和《明堂位》，「葦籥」見《明堂位》。

這麼寫下來的。我們知道春秋時的樂工就和後世闊人家的戲班子一樣，老闆叫做太師。那時各國都養着一班樂工，各國使臣來往，宴會時都得奏樂唱歌。太師們不但得搜集本國樂歌，還得搜集別國樂歌。不但搜集樂詞，還得搜集樂譜。那時的社會有貴族與平民兩級。太師們是伺候貴族的，所搜集的歌兒自然得合貴族們的口味；平民的作品是不會入選的。他們搜得的歌謠，有些是樂歌，有些是徒歌。徒歌得合樂才好用。合樂的時候，往往得增加重疊的字句或章節，便不能保存歌詞的原來樣子。除了這種搜集的歌謠以外，太師們所保存的還有貴族們為了特種事情，如祭祖、宴客、房屋落成、出兵、打獵等等作的詩。這些可以說是典禮的詩。又有諷諫、頌美等等的獻詩；獻詩是臣下作了獻給君上，準備讓樂工唱給君上聽的，可以說是政治的詩。太師們保存下這些唱本兒，帶着樂譜；唱詞兒共有三百多篇，當時通稱做「《詩》三百」。到了戰國時代，貴族漸漸衰落，平民漸漸抬頭，新樂代替了古樂，職業的樂工紛紛散走。樂譜就此亡失，但是還有三百來篇唱詞兒流傳下來，便

是後來的《詩經》了。[4]

「詩言志」是一句古話；「詩」（詿）這個字就是「言」「志」兩個字合成的。但古代所謂「言志」和現在所謂「抒情」並不一樣；那「志」總是關聯着政治或教化的。春秋時通行賦詩。在外交的宴會裏，各國使臣往往得點一篇詩或幾篇詩叫樂工唱。這很像現在的請客點戲，不同處是所點的詩句必加上政治的意味。這可以表示這國對那國或這人對那人的願望、感謝、責難等等，都從詩篇裏斷章取義。斷章取義是不管上下文的意義，只將一章中一兩句拉出來，就當前的環境，作政治的暗示。如《左傳》襄公二十七年，鄭伯宴晉使趙孟於垂隴，趙孟請大家賦詩，他想看看大家的「志」。子太叔賦的是《野有蔓草》。原詩首章云，「野有蔓草，零露溥兮，有美一人，清揚婉兮。邂逅相遇，適我願兮。」子太叔只取末兩句，藉以表示鄭國歡迎趙孟的意思；上文他就不管。全詩原是男女私情之作，他更不管了。可是這樣辦正是「詩言志」；在那回宴會裏，趙孟就和子太叔說了「詩以言志」這句話。

到了孔子時代，賦詩的事已經不行了，孔子卻

4　今《詩經》共三百十一篇，其中六篇有目無詩，實存三百零五篇。

採取了斷章取義的辦法，用《詩》來討論做學問做人的道理。「如切如磋，如琢如磨」[5]。本來說的是治玉，將玉比人。他卻用來教訓學生做學問的功夫。[6]「巧笑倩兮，美目盼兮，素以為絢兮」[7]，本來說的是美人，所謂天生麗質。他卻拉出末句來比方作畫，說先有白底子，才會有畫，是一步步進展的；作畫還是比方，他說的是文化，人先是樸野的，後來才進展了文化——文化必須修養而得，並不是與生俱來的。[8]他如此解詩，所以說「思無邪」一句話可以包括「《詩》三百」的道理；[9]又說詩可以鼓舞人，聯合人，增加閱歷，以洩牢騷，事父事君的道理都在裏面。[10]孔子以後，「《詩》三百」成為儒家的《六經》之一，《莊子》和《荀子》裏都說到「詩言志」，那個「志」便指教化而言。

但春秋時列國的賦詩只是用詩，並非解詩；那時詩的主要作用還在樂歌，因樂歌而加以借用，不

5　《詩經·衛風·淇奧》的句子。
6　《論語·學而》。
7　「巧笑倩兮，美目盼兮。」《衛風·碩人》的句子；「素以為絢兮」一句今已佚。
8　《論語·八佾》。
9　「思無邪」，《魯頌·駉》的句子；「思」是語詞，無義。
10　《論語·陽貨》。

過是一種方便罷了。至於詩篇本來的意義，那時原很明白，用不着討論。到了孔子時代，詩已經不常歌唱了，詩篇本來的意義，經過了多年的借用，也漸漸含糊了。他就按着借用的辦法，根據他教授學生的需要，斷章取義的來解釋那些詩篇。後來解釋《詩經》的儒生都跟着他的腳步走。最有權威的毛氏《詩傳》和鄭玄《詩箋》差不多全是斷章取義，甚至斷句取義——斷句取義是在一句兩句裏拉出一個兩個字來發揮，比起斷章取義，真是變本加厲了。

毛氏有兩個人：一個毛亨，漢時魯國人，人稱為大毛公，一個毛萇，趙國人，人稱為小毛公；是大毛公創始《詩經》的注解，傳給小毛公，在小毛公手裏完成的。鄭玄是東漢人，他是專給毛《傳》作《箋》的，有時也採取別家的解說；不過別家的解說在原則上也還和毛氏一鼻孔出氣，他們都是以史證詩。他們接受了孔子「無邪」的見解，又摘取了孟子的「知人論世」[11] 的見解，以為用孔子的詩的哲學，別裁古代的史說，拿來證明那些詩篇是甚麼時代作的，為甚麼事作的，便是孟子所謂「以意逆

11　見《孟子·萬章》。

志」¹²。其實孟子所謂「以意逆志」倒是説要看全篇大意，不可拘泥在字句上，與他們不同。他們這樣猜出來的作詩人的志，自然不會與作詩人相合；但那種志倒是關聯着政治教化而與「詩言志」一語相合的。這樣的以史證詩的思想，最先具體的表現在《詩序》裏。

《詩序》有「大序」、「小序」。「大序」好像總論，託名子夏，説不定是誰作的。「小序」每篇一條，大約是大小毛公作的。以史證詩，似乎是「小序」的專門任務；傳裏雖也偶然提及，卻總以訓詁為主，不過所選取的字義，意在助成序説，無形中有個一定方向罷了。可是「小序」也還是泛説的多，確指的少。到了鄭玄，才更詳密的發展了這個條理。他按着《詩經》中的國別和篇次，系統的附合史料，編成了《詩譜》，差不多給每篇詩確定了時代；《箋》中也更多的發揮了作為各篇詩的背景的歷史。以史證詩，在他手裏算是集大成了。

「大序」説明詩的教化作用；這種作用似乎建立在風、雅、頌、賦、比、興，所謂「六義」上。「大序」只解釋了風雅頌。説風是風化（感化）、諷刺

12　見《孟子·萬章》。

的意思，雅是正的意思，頌是形容盛德的意思。這都是按着教化作用解釋的。照近人的研究，這三個字大概都從音樂得名。風是各地方的樂調，〈國風〉便是各國土樂的意思。雅就是「烏」字，似乎描寫這種樂的嗚嗚之聲。雅也就是「夏」字，古代樂章叫做「夏」的很多，也許原是地名或族名。雅又分〈大雅〉、〈小雅〉，大約也是樂調不同的緣故。頌就是「容」字，容就是「樣子」；這種樂連歌帶舞，舞就有種種樣子了。風雅頌之外，其實還該有個「南」。南是南音或南調，《詩經》中〈周南〉、〈召南〉的詩，原是相當於現在河南、湖北一帶地方的歌謠。〈國風〉舊有十五，分出二南，還剩十三；而其中邶、鄘兩國的詩，現經考定，都是衛詩，那麼只有十一〈國風〉[13]了。頌有〈周頌〉、〈魯頌〉、〈商頌〉，〈商頌〉經考定實是〈宋頌〉。至於搜集的歌謠，大概是在二南、〈國風〉和〈小雅〉裏。

賦比興的意義，説數最多。大約這三個名字原都含有政治和教化的意味。賦本是唱詩給人聽，但在「大序」裏，也許是「直鋪陳今之政教善惡」[14]的

13　衛、王、鄭、齊、魏、唐、秦、陳、檜、曹、豳。
14　《周禮・大師》鄭玄注。

意思。比興都是「大序」所謂「主文而譎諫」；不直陳而用譬喻叫「主文」，委婉諷刺叫「譎諫」。說的人無罪；聽的人卻可警誡自己。《詩經》裏許多譬喻就在比興的看法下，斷章斷句的硬派作政教的意義了。比興都是政教的譬喻，但在詩篇發端的叫做興。《毛傳》只在有興的地方標出，不標賦比；想來賦義是易見的，比興雖都是曲折成義，但興在發端，往往關係全詩，比較更重要些，所以便特別標出了。《毛傳》標出的興詩，共一百十六篇，〈國風〉中最多，〈小雅〉第二；按現在說，這兩部份搜集的歌謠多，所以譬喻的句子也便多了。

參考資料

1、顧頡剛〈詩經在春秋戰國間的地位〉
（《古史辨》第三冊下）。

2、顧頡剛〈論詩經所錄全為樂歌〉（同上）。

3、朱自清〈言志說〉（《語言與文學》）。

4、朱自清〈賦比興說〉（《清華學報》十二卷三期）。

互動欄

《詩經》第四

《詩經》貴為我國最早的詩歌總集，不少成語都出自這部經典。讀者不妨試舉三個例子？

―――――――――――――――

一、輾轉反側。典出〈周南．關雎〉：「窈窕淑女，君子好逑。……求之不得，寤寐思服。悠哉悠哉！輾轉反側。」

二、與子偕老。典出〈邶風．擊鼓〉：「死生契闊，與子成說。執子之手，與子偕老。」

三、逃之夭夭。典出〈周南．桃夭〉：「桃之夭夭，灼灼其華。」桃之夭夭解桃花繁茂，後因「桃」「逃」同音，借用作「逃之夭夭」。一首賀新娘出嫁詩的詩句從此解作「逃跑」，可見古人的幽默感。

「三禮」第五

　　許多人家的中堂裏，供奉着「天地君親師」的大牌位。天地代表生命的本源。親是祖先的意思，祖先是家族的本源。君師是政教的本源。人情不能忘本，所以供奉着這些。荀子只稱這些為禮的三本；[1]大概是到了後世才宗教化了的。荀子是儒家大師。儒家所稱道的禮，包括政治制度，宗教儀式，社會風俗習慣等等，卻都加以合理的説明。從那「三本説」，可以知道儒家有拿禮來包羅萬象的野心，他們認禮為治亂的根本；這種思想可以叫做禮治主義。

　　怎樣叫做禮治呢？儒家説初有人的時候，各人有各人的欲望，各人都要滿足自己的欲望；沒有界限，沒有分際，大家就爭起來了。你爭我爭，社會就亂起來了。那時的君師們看了這種情形，就漸漸給定出禮來，讓大家按着貴賤的等級，長幼的次序，

1　《荀子・禮論篇》。

各人得着自己該得的一份兒吃的喝的穿的住的，各人也做着自己該做的一份兒工作。各等人有各等人的界限和分際；若是只顧自己，不管別人，任性兒貪多務得，偷懶圖快活，這種人就得受嚴厲的制裁，有時候保不住性命。這種禮，教人節制，教人和平，建立起社會的秩序，可以說是政治制度。

天生萬物，是個很古的信仰。這個天是個能視能聽的上帝，管生殺，管賞罰。在地上的代表，便是天子。天子祭天，和子孫祭祖先一樣。地生萬物是個事實。人都靠着地裏長的活着，地裏長的不夠了，便鬧饑荒：地的力量自然也引起了信仰。天子諸侯祭社稷①，祭山川，都是這個來由。最普遍的還是祖先的信仰。直到我們的時代，這個信仰還是很有力的。按儒家説，這些信仰都是「報本返始」2 的意思。報本返始是慶幸生命的延續，追念本源，感恩懷德，勉力去報答的意思。但是這裏面怕不單是懷德，還是畏威的成份。感謝和恐懼產生了種種祭典。儒家卻只從感恩一面加以説明，看作禮的一部份。但這種禮教人恭敬，恭敬便是畏威的遺蹟了。

2　《禮記·郊特牲》。
①　土神和穀神，後以「社稷」泛指國家。

儒家的喪禮，最主要的如三年之喪，也建立在感恩的意味上；卻因恩誼的親疏，又定出等等差別來。這種禮，大部份可以說是宗教儀式。

居喪一面是宗教儀式，一面是普通人事。普通人事包括一切日常生活而言。日常生活都需要秩序和規矩。居喪以外，如婚姻、宴會等大事，也各有一套程序，不能隨便馬虎過去；這樣是表示鄭重，也便是表示敬意和誠心。至於對人，事君，事父母，待兄弟姊妹，待子女，以及夫婦朋友之間，也都自有一番道理。按着尊卑的分際，各守各的道理，君仁臣忠，父慈子孝，兄友弟恭，夫婦朋友互相敬愛，才算能做人；人人能做人，天下便治了。就是一個人飲食言動，也都該有個規矩，別叫旁人難過，更別侵犯着旁人，反正諸事都記得着自己的份兒。這些個規矩也是禮的一部份；有些固然含着宗教意味，但大部份可以說是風俗習慣。這些風俗習慣有一些也可以說是生活的藝術。

王道不外乎人情，禮是王道的一部份，按儒家說是通乎人情的。[3] 既通乎人情，自然該誠而不偽了。

3　《禮記・樂記》。

但儒家所稱道的禮，並不全是實際施行的。有許多只是他們的理想，這種就不一定通乎人情了。就按那些實際施行的説，每一個制度、儀式或規矩，固然都有它的需要和意義。但是社會情形變了，人的生活跟着變；人的喜怒愛惡雖然還是喜怒愛惡，可是對象變了。那些禮的惰性卻很大，並不跟着變。這就留下了許許多多遺形物，沒有了需要，沒有了意義；不近人情的偽禮，只會束縛人。《老子》裏攻擊禮，説「有了禮，忠信就差了」[4]；後世有些人攻擊禮，説「禮不是為我們定的」[5]；近來大家攻擊禮教，説「禮教是吃人的」。這都是指着那些個偽禮説的。

　　從來禮樂並稱，但樂實在是禮的一部份；樂附屬於禮，用來補助儀文的不足。樂包括歌和舞，是「人情之所必不免」的。[6]不但是「人情之所必不免」，而且樂聲的綿延和融和也象徵着天地萬物的「流而不息，合同而化」[7]。這便是樂本。樂教人平心靜氣，互相和愛，教人聯合起來，成為一整個兒。人人能

4　《老子》三十八章。
5　阮籍語，原文見《世説新語‧任誕》。
6　《荀子‧樂論篇》，《禮記‧樂記》。
7　《禮記‧樂記》。

夠平心靜氣，互相和愛，自然沒有貪欲、搗亂、欺詐等事，天下就治了。樂有改善人心、移風易俗的功用，所以與政治是相通的。按儒家說，禮樂刑政，到頭來只是一個道理；這四件都順理成章了，便是王道。這四件是互為因果的。禮壞樂崩，政治一定不成；所以審樂可以知政。[8]「治世之音安以樂，其政和；亂世之音怨以怒，其政乖；亡國之音哀以思，其民困。」[9] 吳公子季札到魯國觀樂，樂工奏哪一國的樂，他就知道是哪一國的；他是從樂歌裏所表現的政治氣象而知道的。[10] 歌詞就是詩；詩與禮樂也是分不開的。孔子教學生要「興於詩，立於禮，成於樂」[11]；那時要養成一個人才，必需學習這些。這些詩、禮、樂，在那時代都是貴族社會所專有，與平民是無干的。到了戰國，新聲興起，古樂衰廢，聽者只求悅耳，就無所謂這一套樂意。漢以來胡樂大行，那就更說不到了。

　　古代似乎沒有關於樂的經典；只有《禮記》裏的〈樂記〉，是抄錄儒家的《公孫尼子》等書而成，

8　《禮記·樂記》。
9　《禮記·樂記》。
10　《左傳》襄公二十九年。
11　《論語·泰伯》。

原本已經是戰國時代的東西了。關於禮，漢代學者所傳習的有三種經和無數的「記」。那三種經是《儀禮》、《禮古經》、《周禮》。《禮古經》已亡佚，《儀禮》和《周禮》相傳都是周公作的。但據近來的研究，這兩部書實在是戰國時代的產物。《儀禮》大約是當時實施的禮制，但多半只是士的禮。那些禮是很繁瑣的，踵事增華②的多，表示誠意的少，已經不全是通乎人情的了。《儀禮》可以說是宗教儀式和風俗習慣的混合物；《周禮》卻是一套理想的政治制度。那些制度的背景可以看出是戰國時代；但組成了整齊的系統，便是著書人的理想了。

「記」是儒家雜述禮制、禮制變遷的歷史，或禮論之作；所述的禮制有實施的，也有理想的。又叫做《禮記》：這「禮記」是一個廣泛的名稱。這些「記」裏包含着《禮古經》的一部份。漢代所見的「記」很多，但流傳到現在的只有三十八篇《大戴記》和四十九篇《小戴記》。後世所稱《禮記》，多半專指《小戴記》說。大戴是戴德；小戴是戴聖，戴德的侄兒。相傳他們是這兩部書的編輯人。但二

---

② 原指繼承前人事業，使之更完善。此處作貶義用。

戴都是西漢的《儀禮》專家。漢代有「五經」博士；凡是一家一派的經學影響大的，都可以立博士。大戴儀禮學後來立了博士，小戴本人就是博士。漢代經師的家法最嚴，一家的學說裏絕不能摻雜別家。但現存的兩部「記」裏都各摻雜着非二戴的學說。所以有人說這兩部書是別人假託二戴的名字纂輯的；至少是二戴原書多半亡佚，由別人拉雜湊成的，──可是成書也還在漢代。──這兩部書裏，《小戴記》容易些，後世誦習的人比較多些；所以差不多專佔了《禮記》的名字。

參考資料

1、洪業〈禮記引得序〉、〈儀禮引得序〉。

互動欄

「三禮」第五

各位知否「禮教是吃人的」其實出自哪部文學作品？

───────────

魯迅《狂人日記》

「春秋三傳」
第六（《國語》附）

　　「春秋」是古代記事史書的通稱。古代朝廷大事，多在春秋二季舉行，所以記事的書用這個名字。各國有各國的春秋，但是後世都不傳了。傳下的只有一部《魯春秋》，《春秋》成了它的專名，便是《春秋經》了。傳說這部《春秋》是孔子作的，至少是他編的。魯哀公十四年，魯西有獵戶打着一隻從沒有見過的獨角怪獸，想着定是個不祥的東西，將牠扔了。這個新聞傳到了孔子那裏，他便去看。他一看，就說，「這是麟啊，為誰來的呢！幹甚麼來的呢！唉唉！我的道不行了！」說着流下淚來，趕忙將袖子去擦，淚點兒卻已滴到衣襟上。原來麟是個仁獸，是個祥瑞的東西；聖帝明王在位，天下太平，牠才會來，不然是不會來的。可是那時代哪有聖帝明王？天下正亂紛紛的，麟來的真不是時候，所以讓獵戶打死；牠算是倒了運了。

孔子這時已經年老，也常常覺着生的不是時候，不能行道；他為周朝傷心，也為自己傷心。看了這隻死麟，一面同情牠，一面也引起自己的無限感慨。他覺着生平說了許多教；當世的人君總不信他，可見空話不能打動人。他發願修一部《春秋》，要讓人從具體的事例裏，得到善惡的教訓，他相信這樣得來的教訓比抽象的議論深切著明的多。他覺得修成了這部《春秋》，雖然不能行道，也算不白活一輩子。這便動起手來，九個月書就成功了。書起於魯隱公，終於獲麟；因獲麟有感而作，所以敍到獲麟絕筆，是紀念的意思。但是《左傳》裏所載的《春秋經》，獲麟後還有，而且在記了「孔子卒」的哀公十六年後還有：據說那都是他的弟子們續修的了。

　　這個故事雖然夠感傷的，但我們從種種方面知道，它卻不是真的。《春秋》只是魯國史官的舊文，孔子不曾摻進手去。《春秋》可是一部信史，裏面所記的魯國日食，有三十次和西方科學家所推算的相合，這絕不是偶然的。不過書中殘闕、零亂和後人增改的地方，都很不少。書起於隱公元年，到哀公十四年止，共二百四十二年（公元前 722—前 481 年）；後世稱這二百四十二年為春秋時代。書中紀

事按年月日，這叫做編年。編年在史學上是個大發明；這教歷史系統化，並增加了它的確實性。春秋是我國現存的第一部編年史。書中雖用魯國紀元，所記的卻是各國的事，所以也是我們第一部通史。所記的齊桓公、晉文公的霸跡最多；後來說「尊王攘夷」是《春秋》大義，便是從這裏着眼。

古代史官記事，有兩種目的：一是徵實，二是勸懲。像晉國董狐不怕權勢，記「趙盾弒其君」[1]，齊國太史記「崔杼弒其君」[2]，雖殺身不悔，都為的是徵實和懲惡，作後世的鑒戒。但是史文簡略，勸懲的意思有時不容易看出來，因此便需要解說的人。《國語》記楚國申叔時論教太子的科目，有「春秋」一項，說「春秋」有獎善懲惡的作用，可以戒勸太子的心。孔子是第一個開門授徒，拿經典教給平民的人，《魯春秋》也該是他的一種科目。關於勸懲的所在，他大約有許多口義傳給弟子們。他死後，弟子們散在四方，就所能記憶的又教授開去。《左傳》、《公羊傳》、《穀梁傳》，所謂「春秋三傳」裏，所引孔子解釋和評論的話，大概就是指的這一些。

1　《左傳》宣公二年。
2　《左傳》襄公二十五年。

三傳特別注重《春秋》的勸懲作用；徵實與否，倒在其次。按三傳的看法，《春秋》大義可以從兩方面說：明辨是非，分別善惡，提倡德義，從成敗裏見教訓，這是一；誇揚霸業，推尊周室，親愛中國[1]，排斥夷狄，實現民族大一統的理想，這是二。前者是人君的明鑒，後者是撥亂反正的程序。這都是王道。而敬天事鬼，也包括在王道裏。《春秋》裏記災，表示天罰，記鬼，表示恩仇，也還是勸懲的意思。古代記事的書常夾雜着好多的迷信和理想，《春秋》也不免如此；三傳的看法，大體上是對的。但在解釋經文的時候，卻往往一個字一個字地咬嚼；這一咬嚼，便不顧上下文穿鑿附會起來了。《公羊》、《穀梁》，尤其如此。

這樣咬嚼出來的意義就是所謂「書法」，所謂「褒貶」，也就是所謂「微言」。後世最看重這個。他們説孔子修《春秋》，「筆則筆，削則削」[3]，「筆」是書，「削」不是書，都有大道理在內[2]。又説一字之褒，比教你做王公還榮耀，一字之貶，比將你

3　《史記·孔子世家》。

[1]　即中原。

[2]　兩句大意為寫則寫，該刪則刪。

做罪人殺了還恥辱。本來孟子說過，「孔子成《春秋》而亂臣賊子懼」[4]，那似乎只指概括的勸懲作用而言。等到褒貶說發展，孟子這句話倒像更坐實了。而孔子和《春秋》的權威也就更大了。後世史家推尊孔子，也推尊《春秋》，承認這種書法是天經地義；但實際上他們卻並不照三傳所咬嚼出來的那麼穿鑿附會地辦，這正和後世詩人儘管推尊《毛詩傳箋》裏比興的解釋，實際上卻不那樣穿鑿附會的作詩一樣。三傳，特別是《公羊傳》和《穀梁傳》，和《毛詩傳箋》，在穿鑿解經這件事上是一致的。

　　三傳之中，公羊穀梁兩家全以解經為主，左氏卻以敍事為主。公穀以解經為主，所以咬嚼得更厲害些。戰國末期，專門解釋《春秋》的有許多家，公穀較晚出而僅存。這兩家固然有許多彼此相異之處，但淵源似乎是相同的；他們所引別家的解說也有些是一樣的。這兩種春秋經傳經過秦火，多有殘闕的地方；到漢景帝武帝時候，才有經師重加整理，傳授給人。公羊穀梁只是家派的名稱，僅存姓氏，名字已不可知。至於他們解經的宗旨，已見上文；《春

4　《孟子·滕文公》下。

秋》本是儒家傳授的經典，解說的人，自然也離不了儒家，在這一點上，三傳是大同小異的。

《左傳》這部書，漢代傳為魯國左丘明所作。這個左丘明，有的說是「魯君子」，有的說是孔子的朋友；後世又有說是魯國的史官的。[5]這部書歷來討論的最多。漢時有五經博士。凡解說五經自成一家之學的，都可立為博士。立了博士，便是官學；那派經師便可做官受祿。當時《春秋》立了《公》、《穀》二傳的博士。《左傳》流傳得晚些，古文派經師也給它爭立博士。今文派卻說這部書不得孔子《春秋》的真傳，不如公穀兩家。後來雖一度立了博士，可是不久還是廢了。倒是民間傳習的漸多，終於大行！原來公穀不免空談，《左傳》卻是一部僅存的古代編年通史（殘缺又少），用處自然大得多。《左傳》以外，還有一部分國記載的《國語》，漢代也認為左丘明所作，稱為《春秋外傳》。後世學者懷疑這一說的很多。據近人的研究，《國語》重在「語」，記事頗簡略，大約出於另一著者的手，而為《左傳》著者的重要史料之一。這書的說教，

5　《史記‧十二諸侯年表序》說是「魯君子」，《漢書‧劉歆傳》說「親見夫子」，「好惡與聖人同」，杜預〈春秋序〉說是「身為國史」。

也不外尚德、尊天、敬神、愛民，和《左傳》是很相近的。只不知著者是誰。其實《左傳》著者我們也不知道。說是左丘明，但矛盾太多，不能教人相信。《左傳》成書的時代大概在戰國，比《公》、《穀》二傳早些。

《左傳》這部書大體依《春秋》而作；參考群籍，詳述史事，徵引孔子和別的「君子」解經評史的言論，吟味書法，自成一家言。但迷信卜筮，所記禍福的預言，幾乎無不應驗；這卻大大違背了徵實的精神，而和儒家的宗旨也不合了。晉范寧作〈穀梁傳序〉說，「左氏艷而富，其失也巫」；「艷」是文章美，「富」是材料多，「巫」是多敘鬼神，預言禍福。這是句公平話。注《左傳》的，漢代就不少，但那些許多已散失；現存的只有晉杜預注，算是最古了。

杜預作〈春秋序〉，論到《左傳》，說「其文緩，其旨遠」；「緩」是委婉，「遠」是含蓄。這不但是好史筆，也是好文筆。所以《左傳》不但是史學的權威，也是文學的權威。《左傳》的文學本領，表現在記述辭令和描寫戰爭上。春秋列國，盟會頗繁，使臣會說話不會說話，不但關係榮辱，並且關

係利害，出入很大，所以極重辭令。《左傳》所記當時君臣的話，從容委曲，意味深長。只是平心靜氣地說，緊要關頭卻不放鬆一步；真所謂恰到好處。這固然是當時風氣如此，但不經《左傳》著者的潤飾工夫，也絕不會那樣在紙上活躍的。戰爭是個複雜的程序。敍得頭頭是道，已經不易，敍得有聲有色，更難；這差不多全靠忙中有閒，透着優遊不迫神兒，才成。這卻正是《左傳》著者所擅長的。

參考資料

1、洪業〈春秋經傳引得序〉。

「春秋三傳」第六（《國語》附）

作者認為「『筆則筆，削則削』都有大道理在」。若所得史料都記述下來，自然煩不勝煩，流於瑣碎；然而，刪減史料無度會掩埋，甚至歪曲史實。各位認為這「大道理」該如何拿捏？

「四書」第七

　　「四書」、「五經」到現在還是我們口頭上一句熟語。「五經」是《易》、《書》、《詩》、《禮》、《春秋》；「四書」按照普通的順序是《大學》、《中庸》、《論語》、《孟子》，前二者又簡稱《學》、《庸》，後二者又簡稱《論》、《孟》；有了簡稱，可見這些書是用得很熟的。本來呢，從前私塾裏，學生入學，是從「四書」讀起的。這是那些時代的小學教科書；而且是統一的標準的小學教科書，因為沒有不用的。那時先生不講解，只讓學生背誦，不但得背正文，而且得背朱熹的小注。只要囫圇吞棗的念，囫圇吞棗的背；不懂不要緊，將來用得着，自然會懂的。怎麼説將來用得着？那些時候行科舉制度。科舉是一種競爭的考試制度，考試的主要科目是八股文，題目都出在「四書」裏，而且是朱注的「四書」裏。科舉分幾級，考中的得着種種出身或資格，憑着這種資格可以建功立業，也可以升

官發財；作好作歹，都得先弄個資格到手。科舉幾乎是當時讀書人惟一的出路。每個學生都先讀「四書」，而且讀的是朱注，便是這個緣故。

　　將朱注「四書」定為科舉用書，是從元仁宗皇慶二年（公元 1313 年）起的。規定這四種書，自然因為這些書本身重要，有人人必讀的價值；規定朱注，也因為朱注發明書義比舊注好些，切用些。這四種書原來並不在一起，《學》、《庸》都在《禮記》裏，《論》、《孟》是單行的。這些書原來只算是諸子書，朱子原來也只稱為「四子①」；但《禮記》、《論》、《孟》在漢代都立過博士，已經都升到經裏去了。後來唐代的「九經」裏雖然只有《禮記》，宋代的「十三經」卻又將《論》、《孟》收了進去。¹《中庸》很早就被人單獨注意，漢代已有關於《中庸》的著作，六朝時也有，可惜都不傳了。²關於《大學》的著作卻直到司馬光的《大學通義》才開始，這部書也不傳了。這些著作並不曾教《學》、《庸》

1　九經：《易》、《書》、《詩》、「三禮」、「春秋三傳」。十三經：《易》、《書》、《詩》、「三禮」、「春秋三傳」、《論語》、《孝經》、《爾雅》、《孟子》。
2　《漢書·藝文志》有〈中庸說〉二篇，《隋書·經籍志》有戴顒〈中庸傳〉二卷，梁武帝〈中庸講疏〉一卷。
①　古籍按內容分為經、史、子、集四類，此處意指四書原只屬子部。

普及，教《學》、《庸》和《論》、《孟》同樣普及的是朱子的注，「四書」也是他編在一起的，「四書」的名字也因他而有。

但最初用力提倡這幾種書的是程顥、程頤兄弟。他們說：「《大學》是孔門的遺書，是初學者入德的門徑。只有從這部書裏，還可以知道古人做學問的程序。從《論》、《孟》裏雖也可看出一些，但不如這部書的分明易曉。學者必須從這部書入手，才不會走錯了路。」[3] 這裏沒提到《中庸》。可是他們是很推尊《中庸》的。他們在另一處說：「不偏叫做『中』，不易叫做『庸』；『中』是天下的正道，『庸』是天下的定理。《中庸》是孔門傳授心法的書，是子思記下來傳給孟子的。書中所述的人生哲理，意味深長；會讀書的細加玩賞，自然能心領神悟終身受用不盡。」[4] 這四種書到了朱子手裏才打成一片。他接受二程的見解，加以系統的說明，四種書便貫串起來了。

他說，古來有小學大學。小學裏教灑掃進退的規矩，和禮、樂、射、御、書、數，所謂「六藝」的。

3　原文見《大學章句》卷頭。
4　原文見《中庸章句》卷頭。

大學裏教窮理、正心、修己、治人的道理。所教的都切於民生日用，都是實學。《大學》這部書便是古來大學裏教學生的方法，規模大，節目詳；而所謂「格物、致知、誠意、正心、修身、齊家、治國、平天下」，是循序漸進的。程子說是「初學者入德的門徑」，就是為此。這部書裏的道理，並不是為一時一事說的，是為天下後世說的。這是「垂世立教的大典」[5]，所以程子舉為初學者的第一部書。《論》、《孟》雖然也切實，卻是「應機接物的微言」[6]，問的不是一個人，記的也不是一個人。淺深先後，次序既不分明，抑揚可否，用意也不一樣，初學者領會較難。所以程子放在第二步。至於《中庸》，是孔門的心法，初學者領會更難，程子所以另論。

但朱子的意思，有了《大學》的提綱挈領，便能領會《論》、《孟》裏精微的分別去處；融貫了《論》、《孟》的旨趣，也便能領會《中庸》裏的心法。人有人心和道心；人心是私欲，道心是天理。人該修養道心，克制人心，這是心法。朱子的意思，

5　原文見《中庸章句》卷頭。
6　朱子《大學或問》卷一。

不領會《中庸》裏的心法，是不能從大處着眼，讀天下的書，論天下的事的。他所以將《中庸》放在第三步，和《大學》、《論》、《孟》合為「四書」，作為初學者的基礎教本。後來規定「四書」為科舉用書，原也根據這番意思。不過朱子教人讀「四書」，為的成人②，後來人讀「四書」，卻重在獵取功名；這是不合於他提倡的本心的。至於順序變為《學》、《庸》、《論》、《孟》，那是書賈因為《學》、《庸》篇頁不多，合為一本的緣故；通行既久，居然約定俗成了。

《禮記》裏的《大學》，本是一篇東西，朱子給分成經一章，傳十章；傳是解釋經的。因為要使傳合經，他又顛倒了原文的次序，並補上一段兒。他注《中庸》時，雖沒有這樣大的改變，可是所分的章節，也與鄭玄注的不同。所以這兩部書的注，稱為《大學章句》、《中庸章句》。《論》、《孟》的注，卻是融合各家而成，所以稱為《論語集注》、《孟子集注》。《大學》的經一章，朱子想着是曾子追述孔子的話；傳十章，他相信是曾子的意思，

---

② 成器，成為才德兼備的人，更多關於成「人」之義可參閱 P.118。

由弟子們記下的。《中庸》的著者，朱子和程子一樣，都接受《史記》的記載，認為是子思。[7]但關於書名的解釋，他修正了一些。他說，「中」除「不偏」外，還有「無過無不及」的意思；「庸」解作「不易」，不如解作「平常」的好。[8]照近人的研究，《大學》的思想和文字，很有和荀子相同的地方，大概是荀子學派的著作。《中庸》，首尾和中段思想不一貫，從前就有人疑心。照近來的看法，這部書的中段也許是子思原著的一部份，發揚孔子的學說，如「時中③」「忠恕」「知仁勇」「五倫」等。首尾呢，怕是另一關於《中庸》的著作，經後人混合起來的；這裏發揚的是孟子的天人相通的哲理，所謂「至誠」「盡性」，都是的。著者大約是一個孟子學派。

　　《論語》是孔子弟子們記的。這部書不但顯示一個偉大的人格——孔子，並且讓讀者學習許多做學問做人的節目④：如「君子」「仁」「忠恕」，如「時習」「闕疑⑤」「好古」「隅反⑥」「擇善」「困

7　《史記‧孔子世家》。
8　《中庸或問》卷一。
③　合乎時宜，無過無不及，言行恰到好處。
④　事項。
⑤　存疑，不妄下定論。
⑥　舉一反三。

學⑦」等，都是可以終身應用的。《孟子》據說是孟子本人和弟子公孫丑、萬章等共同編定的。書中說「仁」兼說「義」，分辨「義」「利」甚嚴；而辯「性善」，教人求「放心⑧」，影響更大。又說到「養浩然之氣」，那「至大至剛」「配義與道」的「浩然之氣」⁹，這是修養的最高境界，所謂天人相通的哲理。書中攻擊楊朱、墨翟兩派，辭鋒咄咄逼人。這在儒家叫做攻異端，功勞是很大的。孟子生在戰國時代，他不免「好辯」，他自己也覺得的；¹⁰他的話流露着「英氣」，「有圭角」，和孔子的溫潤是不同的。所以儒家只稱為「亞聖」，次於孔子一等。¹¹《孟子》有東漢的趙岐注。《論語》有孔安國、馬融、鄭玄諸家注，卻都已殘佚，只零星的見於魏何晏的《集解》裏。漢儒注經，多以訓詁名物為重；但《論》、《孟》詞意顯明，所以只解釋文句，推闡義理而止。魏晉以來，玄談大盛，孔子已經道家化；解《論語》的也多參入玄談，參入當時的道家哲學。這些後來

9　《孟子・公孫丑》。
10　《孟子・滕文公》。
11　《孟子集注序》說引程子說。
⑦　遇到困難就學習。
⑧　失去的本心、良知。孟子意指要把失去的仁心找回來。

卻都不流行了。到了朱子，給《論》、《孟》作注，雖說融會各家，其實也用他自己的哲學作架子。他注《學》、《庸》，更顯然如此。他的哲學切於世用，所以一般人接受了，將他解釋的孔子當作真的孔子。

他那一套「四書」注實在用盡了平生的力量，改定至再至三；直到臨死的時候，他還在改定〈大學誠意章〉的注。注以外又作了《四書或問》，發揚注義，並論述對於舊說的或取或捨的理由。他在「四書」上這樣下工夫，一面固然為了誘導初學者，一面還有一個用意，便是排斥老、佛，建立道統。他在〈中庸章句序〉裏論到諸聖道統的傳承，末尾自謙說，「於道統之傳，不敢妄議」；其實他是隱隱在以傳道統自期呢。《中庸》傳授心法，正是道統的根本。將它加在《大學》、《論》、《孟》之後而成「四書」，朱子自己雖然說是給初學者打基礎，但一大半恐怕還是為了建立道統，不過他自己不好說出罷了。他注「四書」在宋孝宗淳熙年間（公元 1174—1189 年）。他死後朝廷將他的「四書」注審定為官書，從此盛行起來。他果然成了傳儒家道統的大師了。

互動欄

「四書」第七

　　學習態度上，「時習」「闕疑」「好古」「隅反」「擇善」「困學」，你認為何者最重要？為甚麼？

《戰國策》第八

　　春秋末年，列國大臣的勢力漸漸膨脹起來。這些大臣都是世襲的，他們一代一代聚財養眾，明爭暗奪了君主的權力，建立起自己的特殊地位。等到機會成熟，便跳起來打倒君主自己幹。那時候各國差不多都起了內亂。晉國讓韓魏趙三家分了，姓姜的齊國也讓姓田的大夫佔了。這些，周天子只得承認了。這是封建制度崩壞的開始，那時候周室也經過了內亂，土地大半讓鄰國搶去，剩下的又分為東西周；東西周各有君王，彼此還爭爭吵吵的。這兩位君王早已失去春秋時代「共主」的地位，而和列國諸侯相等了。後來列國紛紛稱王，周室更不算回事；他們至多能和宋、魯等小國君主等量齊觀罷了。

　　秦楚兩國也經過內亂，可是站住了。它們本是邊遠的國家，卻漸漸伸張勢力到中原來。內亂平後，大加整頓，努力圖強，聲威便更廣了。還有極北的燕國，向來和中原國家少來往；這時候也有力量向

南參加國際政治了。秦、楚、燕和新興的韓、魏、趙、齊，是那時代的大國，稱為「七雄」。那些小國呢，從前可以仰仗霸主的保護，做大國的附庸；現在可不成了，只好讓人家吞的吞，併的併。算只留下宋、魯等兩三國，給七雄當緩衝地帶。封建制度既然在崩壞中，七雄便各成一單位，各自爭存，各自爭強；國際政局比春秋時代緊張多了。戰爭也比從前嚴重多了。列國都在自己邊界上修起長城來。這時候軍器進步了；從前的兵器都用銅打成，現在有用鐵打成的了。戰術也進步了。攻守的方法都比從前精明；從前只用兵車和步卒，現在卻發展了騎兵了。這時候還有以幫人家作戰為職業的人。這時候的戰爭，殺傷是很多的。孟子說，「爭地以戰，殺人盈野；爭城以戰，殺人盈城」[1]。可見那兒慘的情形。後人因此稱這時代為戰國時代。

在長期混亂之後，貴族有的做了國君，有的漸漸衰滅。這個階級算是隨着封建制度崩壞了。那時候的國君，沒有了世襲的大臣，便集權專制起來。輔助他們的是一些出身貴賤不同的士人。那時候君

1　《孟子·離婁》。

主和大臣都竭力招攬有技能的人，甚至學雞鳴學狗盜的也都收留着。這是所謂「好客」「好士」的風氣。其中最高的是說客，是游說之士。當時國際關係緊張，戰爭隨時可起。戰爭到底是勞民傷財的，況且難得有把握；重要的還是外交的功夫。外交辦得好，只憑口舌排難解紛，可以免去戰禍；就是不得不戰，也可以多找一些與國①，一些幫手。擔負這種外交的人，便是那些策士，那些游說之士。游說之士既然這般重要，所以立談可以取卿相；只要有計謀，會辯說就成，出身的貴賤倒是不在乎的。

七雄中的秦，從孝公用商鞅變法以後，日漸強盛。到後來成了與六國對峙的局勢。這時候的游說之士，有的勸六國聯合起來抗秦，有的勸六國聯合起來親秦。前一派叫「合縱」，是聯合南北各國的意思，後一派叫「連橫」，是聯合東西各國的意思──只有秦是西方的國家。合縱派的代表是蘇秦，連橫派的是張儀；他們可以代表所有的戰國游說之士。後世提到游說的策士，總想到這兩個人，提到縱橫家，也總是想到這兩個人。他們都是鬼谷先生的弟子。蘇秦起初也是連橫派。他游說秦惠王，秦惠王老不

────────────

① 友邦。

理他；窮得要死，只好回家。妻子、嫂嫂、父母，都瞧不起他。他恨極了，用心讀書，用心揣摩；夜裏倦了要睡，用錐子扎大腿，血流到腳上。這樣整一年，他想着成了，便出來游說六國合縱。這回他果然成功了，佩了六國相印，又有勢又有錢。打家裏過的時候，父母郊迎三十里，妻子低頭，嫂嫂趴在地下謝罪。他嘆道：「人生世上，勢位富貴，真是少不得的！」張儀和楚相喝酒，楚相丟了一塊璧。手下人說張儀窮而無行，一定是他偷的，綁起來打了幾百下。張儀始終不認，只好放了他。回家，他妻子說：「唉，要不是讀書游說，哪會受這場氣！」他不理，只說：「看我舌頭還在罷？」妻子笑道：「舌頭是在的。」他說：「那就成！」後來果然做了秦國的相；蘇秦死後，他也大大得意了一番。

　　蘇秦使錐子扎腿的時候，自己發狠道：「哪有游說人主不能得金玉錦繡，不能取卿相之尊的道理！」這正是戰國策士的心思。他們憑他們的智謀和辯才，給人家劃策，辦外交；誰用他們就幫誰。他們是職業的，所圖的是自己的功名富貴；幫你的時候幫你，不幫的時候也許害你。翻覆，在他們看來是沒有甚麼的。本來呢，當時七雄分立，沒有共主，沒有盟

主，各幹各的，誰勝誰得勢。國際間沒有是非，愛幫誰就幫誰，反正都一樣。蘇秦說連橫不成，就改說合縱，在策士看來，這正是當然。張儀說舌頭在就行，說是說非，只要會說，這也正是職業的態度。他們自己沒有理想，沒有主張，只求揣摩主上的心理，拐彎兒抹角投其所好。這需要技巧，《韓非子‧說難篇》專論這個。說得好固然可以取「金玉錦繡」和「卿相之尊」，說得不好也會招殺身之禍，利害所關如此之大，蘇秦費一整年研究揣摩不算多。當時各國所重的是威勢，策士所說原不外戰爭和詐謀；但要因人因地進言，廣博的知識和微妙的機智都是不可少的。

　　記載那些說辭的書叫《戰國策》，是漢代劉向編定的，書名也是他提議的。但在他以前，漢初著名的說客蒯通，大約已經加以整理和潤飾，所以各篇如出一手。《漢書》本傳裏記着他「論戰國時說士權變，亦自序其說，凡八十一篇，號曰《雋永》」，大約就是劉向所根據的底本了。[2] 蒯通那支筆是很有力量的。鋪陳的偉麗，叱咤的雄豪，固然傳達出來

2　羅根澤〈戰國策作於蒯通考〉及〈戰國策作於蒯通考補證〉（《古史辨》第四冊）。

了；而那些曲折微妙的聲口，也絲絲入扣，千載如生。讀這部書，真是如聞其語，如見其人。漢以來批評這部書的都用儒家的眼光。劉向的序裏說戰國時代「捐②禮讓而貴戰爭，棄仁義而用詐譎，苟以取強而已矣」，可以代表。但他又說這些是「高才秀士」的「奇策異智」，「亦可喜，皆可觀」。這便是文辭的作用了。宋代有個李文叔，也說這部書所記載的事「淺陋不足道」，但「人讀之，則必鄉③其說之工，而忘其事之陋者，文辭之勝移之而已」。又道，說的還不算難，記的才真難得呢。[3] 這部書除文辭之勝外，所記的事，上接春秋時代，下至楚漢興起為止，共二百零二年（公元前403—前202年），也是一部重要的古史。所謂戰國時代，便指這裏的二百零二年；而戰國的名稱也是劉向在這部書的序裏定出的。

參考資料

雷海宗《中國通史選讀》第二冊（清華大學講義排印本）。

3　李格非〈書戰國策後〉。

②　捨棄。

③　同「嚮」。

互動欄

《戰國策》第八

　　作者說策士「沒有理想，沒有主張，只求揣摩主上的心理」，這在現今學校、職場、政壇可否找到例子？你欣賞這種人嗎？可否舉出這種人的優缺點各一？

《史記》、《漢書》第九

　　說起中國的史書，《史記》、《漢書》，真是無人不知，無人不曉。這有兩個原因。一則這兩部書是最早的有系統的歷史，再早雖然還有《尚書》、《魯春秋》、《國語》、《春秋左氏傳》、《戰國策》等，但《尚書》、《國語》、《戰國策》，都是記言的史，不是記事的史。《春秋》和《左傳》是記事的史了，可是《春秋》太簡短，《左氏傳》雖夠鋪排的，而跟着《春秋》編年的系統，所記的事還不免散碎。《史記》創了「紀傳體」，紋事自黃帝以來到著者當世，就是漢武帝的時候，首尾三千多年。《漢書》採用了《史記》的體制，卻以漢事為斷，從高祖到王莽，只二百三十年。後來的史書全用《漢書》的體制，斷代成書；二十四史裏，《史記》、《漢書》以外的二十二史都如此。這稱為正史。《史記》、《漢書》，可以說都是正史的源頭。二則，這兩部書都成了文學的古典；兩書有許多相同處，雖然也

有許多相異處。大概東漢、魏、晉到唐,喜歡《漢書》的多,唐以後喜歡《史記》的多,而明、清兩代尤然。這是兩書文體各有所勝的緣故。但歷來班、馬並稱,《史》、《漢》連舉,它們敘事寫人的技術,畢竟是大同的。

《史記》,漢司馬遷著。司馬遷字子長,左馮翊夏陽(今陝西韓城)人,(景帝中元五年,公元前145年生,卒年不詳。)他是太史令司馬談的兒子。小時候在本鄉只幫人家耕耕田放放牛玩兒。司馬談做了太史令,才將他帶到京師(今西安)讀書。他十歲的時候,便認識「古文」的書了。二十歲以後,到處遊歷,真是足跡遍天下。他東邊到過現在的河北、山東及江、浙沿海,南邊到過湖南、江西、雲南、貴州,西邊到過陝、甘、西康等處,北邊到過長城等處;當時的「大漢帝國」,除了朝鮮、河西(今寧夏一帶)、嶺南幾個新開郡外,他都走到了。他的出遊,相傳是父親命他搜求史料去的;但也有些處是因公去的。他搜得了多少寫的史料,沒有明文,不能知道。可是他卻看到了好些古代的遺跡,聽到了好些古代的軼聞;這些都是活史料,他用來印證並補充他所讀的書。他作《史記》,敘述和描寫往

往特別親切有味，便是為此。他的遊歷不但增擴了他的見聞，也增擴了他的胸襟；他能夠綜括三千多年的事，寫成一部大書，而行文又極其抑揚變化之致，可見出他的胸襟是如何的闊大。

他二十幾歲的時候，應試得高第，做了郎中。武帝元封元年（公元前 110 年），大行封禪典禮，步騎十八里，旌旗千餘里。司馬談是史官，本該從行；但是病得很重，留在洛陽不能去。司馬遷卻跟去了。回來見父親，父親已經快死了，拉着他的手嗚咽着道：「我們先人從虞夏以來，世代做史官；周末棄職他去，從此我家便衰微了。我雖然恢復了世傳的職務，可是不成；你看這回封禪大典，我竟不能從行，真是命該如此！再說孔子因為眼見王道缺，禮樂衰，才整理文獻，論《詩》、《書》，作《春秋》，他的功績是不朽的。孔子到現在又四百多年了，各國只管爭戰，史籍都散失了，這得搜求整理；漢朝一統天下，明主、賢君、忠臣、死義之士，也得記載表彰。我做了太史令，卻沒能盡職，無所論著，真是惶恐萬分。你若能繼承先業，再做太史令，成就我的未竟之志，揚名於後世，那就是大孝了。你想

着我的話罷。」[1] 司馬遷聽了父親這番遺命，低頭流淚答道：「兒子雖然不肖，定當將你老人家所搜集的材料，小心整理起來，不敢有所遺失。」[2] 司馬談便在這年死了；司馬遷這年三十六歲。父親的遺命指示了他一條偉大的路。

父親死的第三年，司馬遷果然做了太史令。他有機會看到許多史籍和別的藏書，便開始作整理的工夫。那時史料都集中在太史令手裏，特別是漢代各地方行政報告，他那裏都有。他一面整理史料，一面卻忙着改曆的工作；直到太初元年（公元前 104 年），太初曆完成，才動手著他的書。天漢二年（公元前 99 年），李陵奉了貳師將軍李廣利的命，領了五千兵，出塞打匈奴。匈奴八萬人圍着他們；他們殺傷了匈奴一萬多，可是自己的人也死了一大半。箭完了，又沒吃的，耗了八天，等貳師將軍派救兵。救兵竟沒有影子。匈奴卻派人來招降。李陵想着回去也沒有臉，就降了。武帝聽了這個消息，又急又氣。朝廷裏紛紛説李陵的壞話。武帝問司馬遷，李陵到底是個怎樣的人。李陵也做過郎中，和司馬遷

1　原文見《史記・自序》。
2　原文見《史記・自序》。

同過事，司馬遷是知道他的。

　　他說李陵這個人秉性忠義，常想犧牲自己，報效國家。這回以少敵眾，兵盡路窮，但還殺傷那麼些人，功勞其實也不算小。他決不是怕死的人，他的降大概是假意的，也許在等機會給漢朝出力呢。武帝聽了他的話，想着貳師將軍是自己派的元帥，司馬遷卻將功勞歸在投降的李陵身上，真是大不敬；便教將他抓起來，下在獄裏。第二年，武帝殺了李陵全家，處司馬遷宮刑。宮刑是個大辱，污及先人，見笑親友。他灰心失望已極，只能發憤努力，在獄中專心致志寫他的書，希圖留個後世名。過了兩年，武帝改元太始，大赦天下。他出了獄，不久卻又做了宦者做的官——中書令，重被寵信。但他還繼續寫他的書。直到征和二年（公元前 91 年），全書才得完成，共一百三十篇，五十二萬六千五百字。他死後，這部書部份的流傳；到宣帝時，他的外孫楊惲才將全書獻上朝廷去，並傳寫公行於世。漢人稱為《太史公書》、《太史公》、《太史公記》、《太史記》。魏晉間才簡稱為《史記》，《史記》便成了定名。這部書流傳時頗有缺佚，經後人補續改竄了不少；只有元帝、成帝間褚少孫補的有主名，其

餘都不容易考了。

　　司馬遷是竊比^①孔子的。孔子是在周末官守散失時代第一個保存文獻的人；司馬遷是秦火以後第一個保存文獻的人。他們保存的方法不同，但是用心一樣。《史記·自序》裏記着司馬遷和上大夫壺遂討論作史的一番話。司馬遷引述他的父親稱揚孔子整理六經的豐功偉業，而特別着重《春秋》的著作。他們父子都是相信孔子作《春秋》的。他又引董仲舒所述孔子的話：「我有種種覺^②民救世的理想，憑空發議論，恐怕人不理會；不如借歷史上現成的事實來表現，可以深切著明些。」³這便是孔子作《春秋》的趣旨；他是要明王道，辯人事，分明是非善惡賢不肖，存亡繼絕，補敝起廢，作後世君臣龜鑒^③。《春秋》實在是禮義的大宗，司馬遷相信禮治是勝於法治的。他相信《春秋》包羅萬象，採善貶惡，並非以刺譏為主。像他父親遺命所說的，漢興以來，人主明聖盛德，和功臣、世家、賢大夫之業，是他父子職守所在，正該記載表彰。他的書記漢事較詳，

————————

　　3　原文見《史記·自序》。
　　①　私自比擬。
　　②　啟發、啟悟。
　　③　借鑑。

固然是史料多，也是他意主尊漢的緣故。他排斥暴秦，要將漢遠承三代。這正和今文家說的《春秋》尊魯一樣，他的書實在是竊比《春秋》的。他雖自稱只是「厥協六經異傳，整齊百家雜語」[4]，述而不作，不敢與《春秋》比，那不過是謙辭罷了。

他在〈報任安書〉裏說他的書「欲以究天人之際，通古今之變，成一家之言」。《史記·自序》裏說，「罔（網）羅天下放佚舊聞，王跡所興，原始察終，見盛觀衰，論考之行事。」「王跡所興」，始終盛衰，便是「古今之變」，也便是「天人之際」。「天人之際」只是天道對於人事的影響；這和所謂「始終盛衰」都是陰陽家言。陰陽家倡「五德終始說」，以為金木水火土五行之德，互相剋勝，終始運行，循環不息。當運者盛，王跡所興；運去則衰。西漢此說大行，與「今文經學」合而為一。司馬遷是請教過董仲舒的，董就是今文派的大師；他也許受了董的影響。「五德終始說」原是一種歷史哲學；實際的教訓只是讓人君順時修德。

《史記》雖然竊比《春秋》，卻並不用那咬文

4　原文見《史記·自序》。

嚼字的書法，只據事實錄，使善惡自見。書裏也有議論，那不過是著者牢騷之辭，與大體是無關的。原來司馬遷自遭李陵之禍，更加努力著書。他覺得自己已經身廢名裂，要發抒意中的鬱結，只有這一條通路。他在〈報任安書〉和《史記·自序》裏引了文王以下到韓非諸賢聖，都是發憤才著書的。他自己也是個發憤著書的人。天道的無常，世變的無常，引起了他的慨嘆；他悲天憫人，發為牢騷抑揚之辭。這增加了他的書的情韻。後世論文的人推尊《史記》，一個原因便在這裏。

班彪論前史得失，卻說他「論議淺而不篤，其論術學，則崇黃老而薄五經，序貨殖，則輕仁義而羞貧窮，論遊俠，則賤守節而貴俗功」，以為「大敝傷道」[5]；班固也說他「是非頗謬於聖人」[6]。其實推崇道家的是司馬談；司馬遷時，儒學已成獨尊之勢，他也成了一個推崇的人了。至於〈遊俠〉、〈貨殖〉兩傳，確有他的身世之感。那時候有錢可以贖罪，他遭了李陵之禍，刑重家貧，不能自贖，所以才有「羞貧窮」的話；他在窮窘之中，交遊竟沒有

5　《後漢書·班彪傳》。
6　《漢書·司馬遷傳·贊》。

一個抱不平來救他的，所以才有稱揚遊俠的話。這和〈伯夷傳〉裏天道無常的疑問，都只是偶一借題發揮，無關全書大旨。東漢王允死看「發憤」著書一語，加上咬文嚼字的成見，便說《史記》是「佞臣」的「謗書」[7]，那不但誤解了《史記》，也太小看了司馬遷。

《史記》體例有五：十二本紀，記帝王政跡，是編年的。十表，以分年略記世代為主。八書，記典章制度的沿革。三十世家，記侯國世代存亡。七十列傳，類記各方面人物。史家稱為「紀傳體」，因為「紀傳」是最重要的部份。古史不是斷片的雜記，便是順按年月的纂錄；自出機杼，創立規模，以駕馭去取各種史料的，從《史記》起始。司馬遷的確能夠貫穿經傳，整齊百家雜語，成一家言。他明白「整齊」的必要，並知道怎樣去「整齊」：這實在是創作，是以述為作。他這樣將自有文化以來三千年間君臣士庶的行事，「合一爐而治之」，卻反映着秦漢大一統的局勢。《春秋左氏傳》雖也可算通史，但是規模完具的通史，還得推《史記》為第一部書。班固根據他父親班彪的意見，說司馬遷

7　《後漢書·蔡邕傳》。

「善敍事理，辯而不華，質而不俚；其文直，其事核，不虛美，不隱惡，故謂之實錄」[8]。「直」是「簡省」的意思；簡省而能明確，便見本領。《史記》共一百三十篇，列傳佔了全書的過半數；司馬遷的史觀是以人物為中心的。他最長於描寫；靠了他的筆，古代許多重要人物的面形，至今還活現在紙上。

《漢書》，漢班固著。班固，字孟堅，扶風安陵（今陝西咸陽）人，（光武帝建武八年生，和帝永元四年卒，公元 32 － 92 年）他家和司馬氏一樣，也是個世家；《漢書》是子繼父業，也和司馬遷差不多。但班固的憑藉，比司馬遷好多了。他曾祖班斿，博學有才氣，成帝時，和劉向同校皇家藏書。成帝賜了他全套藏書的副本，《史記》也在其中。當時書籍流傳很少，得來不易；班家得了這批賜書，真像大圖書館似的。他家又有錢，能夠招待客人。後來有好些學者，老遠的跑到他家來看書，揚雄便是一個。班斿的次孫班彪，既有書看，又得接觸許多學者；於是盡心儒術，成了一個史學家。《史記》以後，續作很多，但不是偏私，就是鄙俗；班彪加以整理補充，著了六十五篇《後傳》。他詳論《史

8　《漢書‧司馬遷傳‧贊》。

記》的得失，大體確當不移。他的書似乎只有本紀和列傳；世家是併在列傳裏。這部書沒有流傳下來，但他的兒子班固的《漢書》是用它作底本的。

班固生在河西，那時班彪避亂在那裏。班固有弟班超，妹班昭，後來都有功於《漢書》。他五歲時隨父親到那時的京師洛陽。九歲時能作文章，讀詩賦。大概是十六歲罷，他入了洛陽的大學，博覽群書。他治學不專守一家；只重大義，不沾沾在章句上。又善作辭賦。為人寬和容眾，不以才能驕人。在大學裏讀了七年書，二十三歲上，父親死了，他回到安陵去。明帝永平元年（公元58年），他二十八歲，開始改撰父親的書。他覺得《後傳》不夠詳的，自己專心精究，想完成一部大書。過了三年，有人上書給明帝，告他私自改作舊史。當時天下新定，常有人假造預言，搖惑民心；私改舊史，更有機會造謠，罪名可以很大。

明帝當即詔令扶風郡逮捕班固，解到洛陽獄中，並調看他的稿子。他兄弟班超怕鬧出大亂子，永平五年（公元62年），帶了全家趕到洛陽；他上書給明帝，陳明原委，請求召見。明帝果然召見。他陳明班固不敢私改舊史，只是續父所作。那時扶風郡

也已將班固稿子送呈。明帝卻很賞識那稿子，便命班固做校書郎，蘭台令史，跟別的幾個人同修世祖（光武帝）本紀。班家這時候很窮，班超也做了一名書記，幫助哥哥養家。後來班固等又述諸功臣的事蹟，作列傳載記二十八篇奏上。這些後來都成了劉珍等所撰的《東觀漢記》的一部份，與《漢書》是無關的。

明帝這時候才命班固續完前稿。永平七年（公元 64 年），班固三十三歲，在蘭台重新寫他的大著。蘭台是皇家藏書之處，他取精用弘，比家中自然更好。次年，班超也做了蘭台令史。雖然在官不久，就從軍去了，但一定給班固幫助很多。章帝即位，好辭賦，更賞識班固了。他因此得常到宮中讀書，往往連日帶夜的讀下去。大概在建初七年（公元 82 年），他的書才大致完成。那年他是五十一歲了。和帝永元元年（公元 89 年），車騎將軍竇憲出征匈奴，用他做中護軍，參議軍機大事。這一回匈奴大敗，逃得不知去向。竇憲在出塞三千多里外的燕然山上刻石紀功，教班固作銘。這是著名的大手筆。

次年他回到京師，就做竇憲的秘書。當時竇憲威勢極盛；班固倒沒有仗竇家的勢欺壓人，但他的

兒子和奴僕卻都無法無天的。這就得罪了許多地面上的官兒；他們都敢怒而不敢言。有一回他的奴子喝醉了，在街上罵了洛陽令种兢；种兢氣恨極了，但也只能記在心裏。永元四年（公元 92 年），竇憲陰謀弒和帝；事敗，自殺。他的黨羽，或誅死，或免官。班固先只免了官，种兢卻饒不過他，逮捕了他，下在獄裏。他已經六十一歲了，受不得那種苦，便在獄裏死了。和帝得知，很覺可惜，特地下詔申斥种兢，命他將主辦的官員抵罪。班固死後，《漢書》的稿子很散亂。他的妹子班昭也是高才博學，嫁給曹世叔，世叔早死，她的節行並為人所重。當時稱為曹大家。這時候她奉詔整理哥哥的書；並有高才郎官十人，從她研究這部書——經學大師扶風馬融，就在這十人裏。書中的八表和天文志那時還未完成，她和馬融的哥哥馬續參考皇家藏書，將這些篇寫定，這也是奉詔辦的。

《漢書》的名稱從《尚書》來，是班固定的。他說唐虞三代當時都有記載，頌述功德；漢朝卻到了第六代才有司馬遷的《史記》。而《史記》是通史，將漢朝皇帝的本紀放在盡後頭，並且將堯的後裔的漢和秦、項放在相等的地位，這實在不足以推尊本朝。況《史記》只到武帝而止，也沒有成段落似的。

他所以斷代述史，起於高祖，終於平帝時王莽之誅，共十二世，二百三十年，作紀、表、志、傳凡百篇，稱為《漢書》。[9] 班固著《漢書》，雖然根據父親的評論，修正了《史記》的缺失，但斷代的主張，卻是他的創見。他這樣一面保存了文獻，一面貫徹了發揚本朝功德的趣旨。所以後來的正史都以他的書為範本，名稱也多叫做「書」。他這個創見，影響是極大的。他的書所包舉的，比《史記》更為廣大；天地、鬼神、人事、政治、道德、藝術、文章，盡在其中。

書裏沒有世家一體，本於班彪《後傳》。漢代封建制度，實際上已不存在；無所謂侯國，也就無所謂世家。這一體的併入列傳，也是自然之勢。至於改「書」為「志」，只是避免與《漢書》的「書」字相重，無關得失。但增加了〈藝文志〉，敘述古代學術源流，記載皇家藏書目錄，所關卻就大了。〈藝文志〉的底本是劉歆的《七略》。劉向、劉歆父子都曾奉詔校讀皇家藏書；他們開始分別源流，編訂目錄，[10] 使那些「中秘書」漸得流傳於世，功勞是很大的。他們的原著都已不存，但〈藝文志〉還

9　《漢書·敘傳》。
10　劉向著有《別錄》。

保留着劉歆《七略》的大部份。這是後來目錄學家的寶典。原來秦火之後，直到成帝時，書籍才漸漸出現；成帝詔求遺書於天下，這些書便多聚在皇家。劉氏父子所以能有那樣大的貢獻，班固所以想到在《漢書》裏增立〈藝文志〉，都是時代使然。司馬遷便沒有這樣好運氣。

　　《史記》成於一人之手，《漢書》成於四人之手。表、志由曹大家和馬續補成；紀、傳從昭帝至平帝有班彪的《後傳》作底本。而從高祖至武帝，更多用《史記》的文字。這樣一看，班固自己作的似乎太少。因此有人說他的書是「剽竊」而成，[11] 算不得著作。但那時的著作權的觀念還不甚分明，不以鈔襲為嫌；而史書也不能憑虛別構。班固刪潤舊文，正是所謂「述而不作」。他刪潤的地方，卻頗有別裁，絕非率爾下筆。史書敘漢事，有闕略的，有隱晦的，經他潤色，便變得詳明；這是他的獨到處。漢代「明主、賢君、忠臣、死義之士」，他實在表彰得更為到家。書中收載別人整篇的文章甚多，有人因此說他是「浮華」之士。[12] 這些文章大抵關係政治學術，

11　《通志·總序》。
12　《通志·總序》。

多是經世有用之作。那時還沒有文集，史書加以搜羅，不失保存文獻之旨。至於收錄辭賦，卻是當時的風氣和他個人的嗜好；不過從現在看來，這些也正是文學史料，不能抹煞的。

　　班、馬優劣論起於王充《論衡》。他說班氏父子「文義浹備，紀事詳贍」，觀者以為勝於《史記》。[13] 王充論文，是主張「華實俱成」的。[14] 漢代是個辭賦的時代，所謂「華」，便是辭賦化。《史記》當時還用散行文字；到了《漢書》，便弘麗精整，多用排偶，句子也長了。這正是辭賦的影響。自此以後，直到唐代，一般文士，大多偏愛《漢書》，專門傳習，《史記》的傳習者卻甚少。這反映着那時期崇尚駢文的風氣。唐以後，散文漸成正統，大家才提倡起《史記》來；明歸有光及清桐城派更力加推尊，《史記》差不多要駕乎《漢書》之上了。這種優劣論起於二書散整不同，質文各異；其實是跟着時代的好尚而轉變的。

　　晉代張輔，獨不好《漢書》。他說：「世人論

13　《論衡・超奇篇》，這裏據《史通・鑒識》原注引，和通行本文字略異。

14　《論衡・超奇篇》。

司馬遷班固才的優劣，多以固為勝，但是司馬遷敍三千年事，只五十萬言，班固敍二百年事，卻有八十萬言。煩省相差如此之遠，班固哪裏趕得上司馬遷呢！」[15] 劉知幾《史通》卻以為「《史記》雖敍三千年事，詳備的也只漢興七十多年，前省後煩，未能折中；若教他作《漢書》，恐怕比班固還要煩些」[16]。劉知幾左袒班固，不無過甚其辭。平心而論，《漢書》確比《史記》繁些。《史記》是通史，雖然意在尊漢，不妨詳近略遠，但敍漢事到底不能太詳；司馬遷是知道「折中」的。《漢書》斷代為書，盡可充份利用史料，盡其頌述功德的職分：載事既多，文字自然繁了，這是一。《漢書》載別人文字也比《史記》多，這是二。《漢書》文字趨向駢體，句子比散體長，這是三。這都是「事有必至，理有固然」，不足為《漢書》病。范曄《後漢書·班固傳·贊》說班固敍事「不激詭，不抑抗，贍而不穢[④]，詳而有體，使讀之者亹亹[⑤]而不厭」，這是不錯的。

宋代鄭樵在《通志·總序》裏抨擊班固，幾乎

15　原文見《晉書·張輔傳》。
16　原文見《史通·雜說》上。
④　豐富而不雜亂。
⑤　孜孜不倦。

説得他不值一錢。劉知幾論通史不如斷代，以為通史年月悠長，史料亡佚太多，所可採錄的大都陳陳相因，難得新異。《史記》已不免此失；後世仿作，貪多務得，又加上繁雜的毛病，簡直教人懶得去看。[17] 按他的説法，像《魯春秋》等，怕也只能算是截取一個時代的一段兒，相當於《史記》的敘述漢事；不是無首無尾，就是有首無尾。這都不如斷代史的首尾一貫好。像《漢書》那樣，所記的只是班固的近代，史料豐富，搜求不難。只需破費工夫，總可一新耳目，「使讀之者亹亹而不厭」的。[18] 鄭樵的意見恰相反。他注重會通，以為歷史是聯貫的，要明白因革損益[6]的軌跡，非會通不可。通史好在能見其全，能見其大。他稱讚《史記》，説是「六經之後，惟有此作」。他説班固斷漢為書，古今間隔，因革不明，失了會通之道，真只算是片段罷了。[19] 其實通古和斷代，各有短長，劉、鄭都不免一偏之見。

　　《史》、《漢》可以説是各自成家。《史記》

17　《史通·六家》。
18　《史通·六家》。
19　《通志·總序》。
[6]　繼承、變革、刪減、增加。

「文直而事核」，《漢書》「文贍而事詳」[20]。司馬遷感慨多，微情妙旨，時在文字蹊徑之外；《漢書》卻一覽之餘，情詞俱盡。但是就史論史，班固也許比較客觀些，比較合體些。明茅坤說「《漢書》以矩矱[7]勝」[21]，清章學誠說「班氏守繩墨」，「班氏體方用智」[22]，都是這個意思。晉傅玄評班固，「論國體則飾主闕而折忠臣，敍世教則貴取容[8]而賤直節」[23]。這些只關識見高低，不見性情偏正，和司馬遷〈遊俠〉、〈貨殖〉兩傳蘊含着無窮的身世之痛的不能相比，所以還無礙其為客觀的。總之，《史》、《漢》二書，文質和繁省雖然各不相同，而所採者博，所擇者精，卻是一樣；組織的弘大，描寫的曲達，也同工異曲。二書並稱良史，絕不是偶然的。

參考資料

鄭鶴聲《史漢研究》、《司馬遷年譜》、《班固年譜》。

---

20 《後漢書·班固傳·贊》。
21 《漢書評林序》。
22 《文史通義·詩教》下。
23 《史通·書事》。
⑦ 規矩法度、典範。
⑧ 取悅。

《史記》《漢書》第九

　　班固弟弟班超、妹妹班昭都是名留青史的人物，除文中提及之事，試舉出兩人其餘事跡。

　　班超出使西域，擊退匈奴，重開絲綢之路，使西域五十多國歸順漢室，大大促進兩地文化、經濟等方面的交流。

　　班昭是《女誡》的作者，該書提倡的女性觀規範了古代婦女的行為。

諸子第十

　　春秋末年，封建制度開始崩壞，貴族的統治權，漸漸維持不住。社會上的階級，有了紊亂的現象。到了戰國，更看見農奴解放，商人抬頭。這時候一切政治的社會的經濟的制度，都起了根本的變化。大家平等自由，形成了一個大解放的時代。在這個大變動當中，一些才智之士對於當前的情勢，有種種的看法，有種種的主張；他們都想收拾那動亂的局面，讓它穩定下來。有些傾向於守舊的，便起來擁護舊文化、舊制度，向當世的君主和一般人申述他們擁護的理由，給舊文化、舊制度找出理論上的根據。也有些人起來批評或反對舊文化、舊制度；又有些人要修正那些。還有人要建立新文化、新制度來代替舊的；還有人壓根兒反對一切文化和制度。這些人也都根據他們自己的見解各說各的，都「持之有故，言之成理」。這便是諸子之學，大部份可以稱為哲學。這是一個思想解放的時代，也是一個

思想發達的時代，在中國學術史裏是稀有的。

　　諸子都出於職業的「士」。「士」本是封建制度裏貴族的末一級；但到了春秋、戰國之際，「士」成了有才能的人的通稱。在貴族政治未崩壞的時候，所有的知識、禮、樂等等，都在貴族手裏，平民是沒份的。那時有知識技能的專家，都由貴族專養專用，都是在官的。到了貴族政治崩壞以後，貴族有的失了勢，窮了，養不起自用的專家。這些專家失了業，流落到民間。便賣他們的知識技能為生。凡有權有錢的都可以臨時僱用他們；他們起初還是伺候貴族的時候多，不過不限於一家貴族罷了。這樣發展了一些自由職業；靠這些自由職業為生的，漸漸形成了一個特殊階級，便是「士農工商」的「士」。這些「士」，這些專家，後來居然開門授徒起來。徒弟多了，聲勢就大了，地位也高了。他們除掉執行自己的職業之外，不免根據他們專門的知識技能，研究起當時的文化和制度來了。這就有了種種看法和主張。各「思以其道易天下」[1]。諸子百家便是這樣興起的。

1　語見章學誠《文史通義‧言公》上。

第一個開門授徒發揚光大那非農非工非商非官的「士」的階級的，是孔子。孔子名丘，他家原是宋國的貴族，貧寒失勢，才流落到魯國去。他自己做了一個儒士；儒士是以教書和相禮為職業的，他卻只是一個「老教書匠」。他的教書有一個特別的地方，就是「有教無類」[2]。他大招學生，不問身家，只要繳相當的學費就收；收來的學生，一律教他們讀《詩》、《書》等名貴的古籍，並教他們禮、樂等功課。這些從前是只有貴族才能夠享受的，孔子是第一個將學術民眾化的人。他又帶着學生，周遊列國，說[①]當世的君主；這也是從前沒有的。他一個人開了講學和游說的風氣，是「士」階級的老祖宗。他是舊文化、舊制度的辯護人，以這種姿態創始了所謂儒家。所謂舊文化、舊制度，主要的是西周的文化和制度，孔子相信是文王、周公創造的。繼續文王、周公的事業，便是他給他自己的使命。他自己說，「述而不作，信而好古」[3]；所述的，所信所好的，都是周代的文化和制度。《詩》、《書》、

2　《論語·衛靈公》。
3　《論語·述而》。
①　此處作「游說」解。

《禮》、《樂》等是周文化的代表，所以他拿來作學生的必修科目。這些原是共同的遺產，但後來各家都講自己的新學說，不講這些；講這些的始終只有「述而不作」的儒家。因此《詩》、《書》、《禮》、《樂》等便成為儒家的專有品了。

孔子是個博學多能的人，他的講學是多方面的。他講學的目的在於養成「人」，養成為國家服務的人，並不在於養成某一家的學者。他教學生讀各種書，學各種功課之外，更注重人格的修養。他說為人要有真性情，要有同情心，能夠推己及人，這所謂「直」「仁」「忠」「恕」；一面還得合乎禮，就是遵守社會的規範。凡事只問該做不該做，不必問有用無用；只重義，不計利。這樣的人才配去幹政治，為國家服務。孔子的政治學說，是「正名主義」。他想着當時制度的崩壞，階級的紊亂，都是名不正的緣故。君沒有君道，臣沒有臣道，父沒有父道，子沒有子道，實和名不能符合起來，天下自然亂了。救時之道，便是「君君[②]，臣臣，父父，子子」[4]；正名定分，社會的秩序，封建的階級便會恢

4　《論語·顏淵》。
②　君主要像君主，盡君主的責任。後三者結構同。

復的。他是給封建制度找了一個理論的根據。這個正名主義，又是從《春秋》和古史官的種種書法歸納得來的。他所謂「述而不作」，其實是以述為作，就是理論化舊文化、舊制度，要將那些維持下去。他對於中國文化的貢獻，便在這裏。

孔子以後，儒家還出了兩位大師，孟子和荀子。孟子名軻，鄒人；荀子名況，趙人。這兩位大師代表儒家的兩派。他們也都擁護周代的文化和制度，但更進一步的加以理論化和理想化。孟子說人性是善的。人都有惻隱心、羞惡心、辭讓心、是非心；這便是仁義禮智等善端，只要能夠加以擴充，便成善人。這些善端，又總稱為「不忍人之心」。聖王本於「不忍人之心」，發為「不忍人之政」，[5] 便是「仁政」，「王政」。一切政治的經濟的制度都是為民設的，君也是為民設的——這卻已經不是封建制度的精神了。和王政相對的是霸政。霸主的種種製作設施，有時也似乎為民，其實不過是達到好名好利好尊榮的手段罷了。荀子說人性是惡的。性是生之本然，裏面不但沒有善端，還有爭奪放縱等惡端。但

5　《孟子·公孫丑》。

是人有相當聰明才力，可以漸漸改善學好；積久了，習慣自然，再加上專一的功夫，可以到聖人的地步。所以善是人為的。孟子反對功利，他卻注重它。他論王霸的分別，也從功利着眼。孟子注重聖王的道德，他卻注重聖王的威權。他說生民之初，縱欲相爭，亂得一團糟；聖王建立社會國家，是為明分[3]息爭的。禮是社會的秩序和規範，作用便在明分；樂是調和情感的，作用便在息爭。他這樣從功利主義出發，給一切文化和制度找到了理論的根據。

儒士多半是上層社會的失業流民；儒家所擁護的制度，所講所行的道德也是上層社會所講所行的。還有原業農工的下層失業流民，卻多半成為武士。武士是以幫人打仗為職業的專家。墨翟便出於武士。墨家的創始者墨翟，魯國人，後來做到宋國的大夫，但出身大概是很微賤的。「墨」原是做苦工的犯人的意思，大概是個諢名；「翟」是名字。墨家本是賤者，也就不辭用那個諢名自稱他們的學派。墨家是有團體組織的，他們的首領叫做「巨子」；墨子大約就是第一任「巨子」。他們不但是打仗的專家，並且是製造戰爭器械的專家。

---

③　明本分，知分際。

但墨家和別的武士不同，他們是有主義的。他們雖以幫人打仗為生，卻反對侵略的打仗；他們只幫被侵略的弱小國家做防衛的工作。《墨子》裏只講守的器械和方法，攻的方面，特意不講。這是他們的「非攻」主義。他們說天下大害，在於人的互爭；天下人都該視人如己，互相幫助，不但利他，而且利己。這是「兼愛」主義。墨家注重功利，凡與國家人民有利的事情，才認為有價值。國家人民，利在富庶；凡能使人民富庶的事物是有用的，別的都是無益或有害。他們是平民的代言人，所以反對貴族的周代的文化和制度。他們主張「節葬」「短喪④」「節用」「非樂」，都和儒家相反。他們說他們是以節儉勤苦的夏禹為法的。他們又相信有上帝和鬼神，能夠賞善罰惡；這也是下層社會的舊信仰。儒家和墨家其實都是守舊的，不過一個守原來上層社會的舊，一個守原來下層社會的舊罷了。

壓根兒反對一切文化和制度的是道家。道家出於隱士。孔子一生曾遇到好些「避世」之士；他們着實譏評孔子。這些人都是有知識學問的。他們看見時世太亂，難以挽救，便消極起來，對於世事，

④ 縮短服喪期限。

取一種不聞不問的態度。他們譏評孔子「知其不可而為之」[6]，費力不討好；他們自己便是知其不可而不為的、獨善其身的聰明人。後來有個楊朱，也是這一流人，他卻將這種態度理論化了，建立「為我」的學說。他主張「全生保真，不以物累形」[7]；將天下給他，換他小腿上一根汗毛，他是不幹的。天下雖大，是外物；一根毛雖小，卻是自己的一部份。所謂「真」，便是自然。楊朱所說的只是教人因⑤生命的自然，不加傷害；「避世」便是「全生保真」的路。不過世事變化無窮，避世未必就能避害，楊朱的教義到這裏卻窮了。老子、莊子的學說似乎便是從這裏出發，加以擴充的。楊朱實在是道家的先鋒。

老子相傳姓李名耳，楚國隱士。楚人是南方新興的民族，受周文化的影響很少；他們往往有極新的思想。孔子遇到那些隱士，也都在楚國；這似乎不是偶然的。莊子名周，宋國人，他的思想卻接近楚人。老學以為宇宙間事物的變化，都遵循一定的公律，在天然界如此，在人事界也如此。這叫做「常」。

6　《論語‧憲問》。
7　《淮南子‧泛論訓》。
⑤　順應。

順應這些公律，便不須避害，自然能避害。所以說，「知常曰明」[8]。事物變化的最大公律是物極則反。處世接物，最好先從反面下手。「將欲翕之，必固張之[⑥]；將欲弱之，必固強之；將欲廢之，必固興之；將欲奪之，必固與之。」[9]「大直若屈，大巧若拙，大辯若訥。」[10]這樣以退為進，便不至於有甚麼衝突了。因為物極則反，所以社會上政治上種種制度，推行起來，結果往往和原來目的相反。「法令滋彰，盜賊多有。」[11]治天下本求有所作為，但這是費力不討好的，不如排除一切制度，順應自然，無為而為，不治而治。那就無不為，無不治了。自然就是「道」，就是天地萬物所以生的總原理。物得道而生，是道的具體表現。一物所以生的原理叫做「德」，「德」是「得」的意思。所以宇宙萬物都是自然的。這是老學的根本思想；也是莊學的根本思想。但莊學比老學更進一步。他們主張絕對的自由，絕對的平等。天地萬物，無時不在變化之中，不齊是自然的。一

8 《老子》十六章。
9 《老子》三十六章。
10 《老子》四十五章。
11 《老子》五十七章。
⑥ 翕，閉合，固，暫且。此兩句大意為「想要收斂它，必先擴張它」，後幾句結構相同。

切但須順其自然，所有的分別，所有的標準，都是不必要的。社會上政治上的制度，硬教不齊的齊起來，只徒然傷害人性罷了。所以聖人是要不得的；儒墨是「不知恥」的。[12] 按莊學說，凡天下之物都無不好，凡天下的意見，都無不對；無所謂物我，無所謂是非。甚至死和生也都是自然的變化，都是可喜的。明白這些個，便能與自然打成一片，成為「無入而不自得」的至人了。老莊兩派，漢代總稱為道家。

莊學排除是非，是當時「辯者」的影響。「辯者」漢代稱為名家，出於訟師。辯者的一個首領鄭國鄧析，便是春秋末年著名的訟師。另一個首領梁相惠施，也是法律行家。鄧析的本事在對於法令能夠咬文嚼字的取巧，「以是為非，以非為是」[13]。語言文字往往是多義的；他能夠分析語言文字的意義，利用來作種種不同甚至相反的解釋。這樣發展了辯者的學說。當時的辯者有惠施和公孫龍兩派。惠施派說，世間各個體的物，各有許多性質；但這些性質，都因比較而顯，所以不是絕對的。各物都有相同之處，也都有相異之處。從同的一方面看，可以說萬

12　《莊子·在宥》、《莊子·天運》。
13　《呂氏春秋·審應覽·離謂篇》。

物無不相同；從異的一方面看，可以說萬物無不相異。同異都是相對的：這叫做「合同異」[14]。

公孫龍，趙人。他這一派不重個體而重根本，他說概念有獨立分離的存在。譬如一塊堅而白的石頭，看的時候只見白，沒有堅；摸的時候只覺堅，不見白。所以白性與堅性兩者是分離的。況且天下白的東西很多，堅的東西也很多，有白而不堅的，也有堅而不白的。也可見白性與堅性是分離的，白性使物白，堅性使物堅；這些雖然必須因具體的物而見，但實在有着獨立的存在，不過是潛存罷了。這叫做「離堅白」[15]。這種討論與一般人感覺和常識相反，所以當時以為「怪說」「琦辭」「辯而無用」[16]。但這種純理論的興趣，在哲學上是有它的價值的。至於辯者對於社會政治的主張，卻近於墨家。

儒、墨、道各家有一個共通的態度，就是託古立言；他們都假託古聖賢之言以自重。孔子託於文王、周公，墨子託於禹，孟子託於堯、舜，老、莊託於傳說中堯、舜以前的人物；一個比一個古，一個壓一個。不託古而變古的只有法家。法家出於「法

14　語見《莊子・秋水》。
15　《荀子・非十二子篇》。
16　語見《韓非子・孤憤》。

術之士」[17]，法術之士是以政治為職業的專家。貴族政治崩壞的結果，一方面是平民的解放，一方面是君主的集權。這時候國家的範圍，一天一天擴大，社會的組織也一天一天複雜。人治、禮治，都不適用了。法術之士便創一種新的政治方法幫助當時的君主整理國政，作他們的參謀。這就是法治。當時現實政治和各方面的趨勢是變古——尊君權、禁私學、重富豪。法術之士便擁護這種趨勢，加以理論化。

他們中間有重勢、重術、重法三派，而韓非子集其大成。他本是韓國的貴族，學於荀子。他採取荀學、老學和辯者的理論，創立他的一家言；他說勢、術、法三者都是「帝王之具」[18]，缺一不可。勢的表現是賞罰：賞罰嚴，才可以推行法和術。因為人性究竟是惡的。術是君主駕御臣下的技巧。綜核名實是一個例。譬如教人做某官，按那官的名位，該能做出某些成績來；君主就可以照着去考核，看他名實能相副否。又如臣下有所建議，君主便叫他去做，看他能照所說的做到否。名實相副的賞；否則罰。法是規矩準繩，明主制下了法，庸主只要守着，也

17　《韓非子·定法》。
18　《韓非子·定法》。

就可以治了。君主能夠兼用法、術、勢，就可以一
馭萬，以靜制動，無為而治。諸子都講政治，但都
是非職業的，多偏於理想。只有法家的學說，從實
際政治出來，切於實用。中國後來的政治，大部份
是受法家的學說支配的。

　　古代貴族養着禮、樂專家，也養着巫祝、術數
專家。禮、樂原來的最大的用處在喪、祭。喪、祭
用禮、樂專家，也用巫祝；這兩種人是常在一處的
同事。巫祝固然是迷信的；禮、樂裏原先也是有迷
信成份的。禮、樂專家後來淪為儒士；巫祝術數專
家便淪為方士。他們關係極密切，所注意的事有些
是相同的。漢代所稱的陰陽家便出於方士。古代術
數注意於所謂「天人之際」，以為天道人事互相影
響。戰國末年有些人更將這種思想推行起來，並加
以理論化，使它成為一貫的學說。這就是陰陽家。

　　當時陰陽家的首領是齊人鄒衍。他研究「陰陽
消息」[19]，創為「五德終始」說。[20]「五德」就是五
行之德。五行是古代的信仰。鄒衍以為五行是五種

19　《史記‧孟子荀卿列傳》。
20　《呂氏春秋‧有始覽‧名類篇》及《文選》左思《魏都賦》李善
　　注引《七略》。

天然勢力，所謂「德」。每一德，各有盛衰的循環。在它當運的時候，天道人事，都受它支配。等到它運盡而衰，為別一德所勝所剋，別一德就繼起當運。木勝土，金勝木，火勝金，水勝火，土勝水，這樣「終始」不息。歷史上的事變都是這些天然勢力的表現。每一朝代，代表一德；朝代是常變的，不是一家一姓可以永保的。陰陽家也講仁義名分，卻是受儒家的影響。那時候儒家也在開始受他們的影響，講《周易》，作《易傳》。到了秦漢間，儒家更幾乎與他們混和為一；西漢今文家的經學大部便建立在陰陽家的基礎上。後來「古文經學」雖然掃除了一些「非常」「可怪」之論，[21] 但陰陽家的思想已深入人心，牢不可拔了。

戰國末期，一般人漸漸感着統一思想的需要，秦相呂不韋便是作這種嘗試的第一個人。他教許多門客合撰了一部《呂氏春秋》。現在所傳的諸子書，大概都是漢人整理編定的；他們大概是將同一學派的各篇編輯起來，題為某子。所以都不是有系統的著作。《呂氏春秋》卻不然；它是第一部完整的書。

21　何休《春秋公羊經傳解詁·序》說《春秋》中「多非常異義可怪之論」。

呂不韋所以編這部書，就是想化零為整，集合眾長，統一思想。他的基調卻是道家。秦始皇統一天下，李斯為相，實行統一思想。他燒書，禁天下藏「《詩》、《書》百家語」[22]。但時機到底還未成熟，而秦不久也就亡了，李斯是失敗了。所以漢初諸子學依然很盛。

到了漢武帝的時候，淮南王劉安仿效呂不韋的故智，教門客編了一部《淮南子》，也以道家為基調，也想來統一思想。但成功的不是他，是董仲舒。董仲舒向武帝建議：「六經和孔子的學說以外，各家一概禁止。邪說息了，秩序才可統一，標準才可分明，人民才知道他們應走的路。」[23]武帝採納了他的話。從此，帝王用功名利祿提倡他們所定的儒學，儒學統於一尊；春秋戰國時代言論思想極端自由的空氣便消滅了。這時候政治上既開了從來未有的大局面，社會和經濟各方面的變動也漸漸凝成了新秩序，思想漸歸於統一，也是自然的趨勢。在這新秩序裏，農民還佔着大多數，宗法社會還保留着，舊時的禮教與制度一部份還可適用，不過民眾化了罷

22　《史記·秦始皇本紀》。
23　原文見《漢書·董仲舒傳》。

了。另一方面，要創立政治上社會上各種新制度，也得參考舊的。這裏便非用儒者不可了。儒者通曉以前的典籍，熟悉以前的制度，而又能夠加以理想化、理論化，使那些東西秩然有序，粲然可觀。別家雖也有政治社會學說，卻無具體的辦法，就是有，也不完備，趕不上儒家；在這建設時代，自然不能和儒學爭勝。儒學的獨尊，也是當然的。

參考資料

　　馮友蘭《中國哲學史》第一篇。

諸子第十

　　老子「將欲翕之，必固張之；將欲弱之，必固強之；將欲廢之，必固興之；將欲奪之，必固與之」之說可舉的實例很多。例如鄭莊公要對付弟弟共叔段，就給他廣闊的土地、眾多的百姓，縱容他的貪念，待他有了異心，起兵反叛，鄭莊公得了鎮壓的正當理由，便一舉出兵討伐。共叔段因對兄長不義，失了民心，被逼得出逃。這正是「將欲弱之，必固強之」。各位有沒有其他生活例子？

辭賦第十一

　　屈原是我國歷史裏永被紀念着的一個人。舊曆五月五日端午節，相傳便是他的忌日；他是投水死的，競渡據説原來是表示救他的，糭子原來是祭他的。現在定五月五日為詩人節，也是為了紀念的緣故。他是個忠臣，而且是個纏綿悱惻的忠臣；他是個節士，而且是個浮游塵外、清白不污的節士。「舉世皆濁而我獨清，眾人皆醉而我獨醒」[1]，他的身世是一齣悲劇。可是他永生在我們的敬意尤其是我們的同情裏。「原」是他的號，「平」是他的名字。他是楚國的貴族，懷王時候，做「左徒」的官。左徒好像現在的秘書。他很有學問，熟悉歷史和政治，口才又好。一方面參贊國事，一方面給懷王見客，辦外交，頭頭是道。懷王很信任他。

　　當時楚國有親秦親齊兩派；屈原是親齊派。秦

1　《楚辭‧漁父》。

國看見屈原得勢，便派張儀買通了楚國的貴臣上官大夫，靳尚等，在懷王面前說他的壞話。懷王果然被他們所惑，將屈原放逐到漢北去。張儀便勸懷王和齊國絕交，說秦國答應割地六百里。楚和齊絕了交，張儀卻說答應的是六里。懷王大怒，便舉兵伐秦，不料大敗而歸。這時候想起屈原來了，將他召回，教他出使齊國。親齊派暫時抬頭。但是親秦派不久又得勢。懷王終於讓秦國騙了去，拘留着，就死在那裏。這件事是楚人最痛心的，屈原更不用說了。可是懷王的兒子頃襄王，卻還是聽親秦派的話，將他二次放逐到江南去。他流浪了九年，秦國的侵略一天緊似一天；他不忍親見亡國的慘象，又想以一死來感悟頃襄王，便自沉在汨羅江裏。

《楚辭》中〈離騷〉和〈九章〉的各篇，都是他放逐時候所作。〈離騷〉尤其是千古流傳的傑構。這一篇大概是二次被放時作的。他感念懷王的信任，卻恨他糊塗，讓一群小人蒙蔽着，播弄着。而頃襄王又不能覺悟；以致國土日削，國勢日危。他自己呢，「信而見疑，忠而被謗」[2]，簡直走投無路；滿

2　《史記·屈原傳》。

腔委屈，千端萬緒的，沒人可以訴說。終於只能告訴自己的一支筆，〈離騷〉便是這樣寫成的。「離騷」是「別愁」或「遭憂」的意思。[3]他是個富於感情的人，那一腔遏抑不住的悲憤，隨着他的筆奔迸出來，「東一句，西一句，天上一句，地下一句」[4]，只是一片一段的，沒有篇章可言。這和人在疲倦或苦痛的時候，叫「媽呀！」「天哪！」一樣；心裏亂極了，悶極了，叫叫透一口氣，自然是顧不到甚麼組織的。

篇中陳說唐、虞、三代的治，桀、紂、羿、澆的亂，善惡因果，歷歷分明；用來諷刺當世，感悟君王。他又用了許多神話裏的譬喻和動植物的譬喻，委曲地表達出他對於懷王的忠愛，對於賢人君子的嚮往，對於群小的深惡痛疾。他將懷王比作美人，他是「求之不得」，「輾轉反側」；情辭淒切，纏綿不已。他又將賢臣比作香草。「美人香草」從此便成為政治的譬喻，影響後來解詩作詩的人很大。漢淮南王劉安作〈離騷傳〉說：「〈國風〉好色而不淫，〈小雅〉怨誹而不亂，若〈離騷〉者可謂兼

3　王逸〈離騷經序〉，班固〈離騷贊序〉。
4　劉熙載《藝概》中〈賦概〉。

之矣。」[5]「好色而不淫」似乎就指美人香草用作政治的譬喻而言;「怨誹而不亂」是怨而不怒的意思。雖然我們相信〈國風〉的男女之辭並非政治的譬喻,但斷章取義,淮南王的話卻是〈離騷〉的確切評語。

　　〈九章〉的各篇原是分立的,大約漢人才合在一起,給了「九章」的名字。這裏面有些是屈原初次被放時作的,有些是二次被放時作的。差不多都是「上以諷諫,下以自慰」[6];引史事,用譬喻,也和〈離騷〉一樣。〈離騷〉裏記着屈原的世系和生辰,這幾篇裏也記着他放逐的時期和地域;這些都可以算是他的自敍傳。他還作了〈九歌〉、〈天問〉、〈遠遊〉、〈招魂〉等,卻不能算自敍傳,也「不皆是怨君」[7];後世都說成怨君,便埋沒了他的別一面的出世觀了。他其實也是一「子」,也是一家之學。這可以說是神仙家,出於巫。〈離騷〉裏說到周遊上下四方,駕車的動物,驅使的役夫,都是神話裏的。〈遠遊〉更全是說的周遊上下四方的樂處。這種遊仙的境界,便是神仙家的理想。

5　《史記·屈原傳》。
6　王逸〈楚辭章句序〉。
7　《朱子語類》一四零。

〈遠遊〉開篇說，「悲時俗之迫厄兮，願輕舉而遠遊」，篇中又說，「臨不死之舊鄉」。人間世太狹窄了，也太短促了，人是太不自由自在了。神仙家要無窮大的空間，所以要周行無礙；要無窮久的時間，所以要長生不老。他們要打破現實的有限的世界，用幻想創出一個無限的世界來。在這無限的世界裏，所有的都是神話裏的人物；有些是美麗的，也有些是醜怪的。〈九歌〉裏的神大都可愛；〈招魂〉裏一半是上下四方的怪物，說得頂怕人的，可是一方面也奇詭可喜。因為注意空間的擴大，所以對於天地山川日月星辰，在在都有興味。〈天問〉裏許多關於天文地理的疑問，便是這樣來的。一面驚奇天地之廣大，一面也驚奇人事之詭異，——善惡因果，往往有不相應的；〈天問〉裏許多關於歷史的疑問，便從這裏着眼。這卻又是他的入世觀了。

　　要達到遊仙的境界，須要「虛靜以恬愉」，「無為而自得」，還須導引養生的修煉功夫，這在〈遠遊〉裏都說了。屈原受莊學的影響極大。這些都是莊學；周行無礙，長生不老，以及神話裏的人物，也都是莊學。但莊學只到「我」與自然打成一片而止，並不想創造一個無限的世界；神仙家似乎比莊學更進

了一步。神仙家也受陰陽家的影響；陰陽家原也講天地廣大，講禽獸異物的。陰陽家是齊學。齊國濱海，多有怪誕的思想。屈原常常出使到那裏，所以也沾了齊氣。還有齊人好「隱」。「隱」是「遁詞以隱意，譎譬以指事」[8]，是用一種滑稽的態度來諷諫。淳于髡可為代表。楚人也好「隱」。屈原是楚人，而他的思想又受齊國的影響，他愛用種種政治的譬喻，大約也不免沾點齊氣。但是他不取滑稽的態度，他是用一副悲劇面孔說話的。「詩大序」所謂「諷諫」，所謂「言之者無罪，聞之者足以戒」，倒是合適的說明。至於像〈招魂〉裏的鋪張排比，也許是縱橫家的風氣。

〈離騷〉各篇多用「兮」字足句，句逗以參差不齊為主。「兮」字足句，三百篇中已經不少；句逗參差，也許是「南音」的發展。「南」本是南樂的名稱；三百篇中的二南，本該與風、雅、頌分立為四。二南是楚詩，樂調雖已不能知道，但和風、雅、頌必有異處。從二南到〈離騷〉，現在只能看出句逗由短而長、由齊而畸的一個趨勢；這中間變

8　《文心雕龍·諧隱篇》。

遷的軌跡，我們還能找到一些，總之，絕不是突如其來的。這句逗的發展，大概多少有音樂的影響。從《漢書・王褒傳》，可以知道楚辭的誦讀是有特別的調子的，[9]這正是音樂的影響。屈原諸作奠定了這種體制，模擬的日漸其多。就中最出色的是宋玉，他作了〈九辯〉。宋玉傳說是屈原的弟子；〈九辯〉的題材和體制都模擬〈離騷〉和〈九章〉，算是代屈原說話，不過沒有屈原那樣激切罷了。宋玉自己可也加上一些新思想；他是第一個描寫「悲秋」的人。還有個景差，據說是〈大招〉的作者；〈大招〉是模擬〈招魂〉的。

到了漢代，模擬〈離騷〉的更多，東方朔、王褒、劉向、王逸都走着宋玉的路。大概武帝時候最盛，以後就漸漸地差了。漢人稱這種體制為「辭」，又稱為「楚辭」。劉向將這些東西編輯起來，成為《楚辭》一書。東漢王逸給作注，並加進自己的擬作，叫做《楚辭章句》。北宋洪興祖又作《楚辭補注》；《章句》和《補注》合為《楚辭》標準的注本。但漢人又稱〈離騷〉等為「賦」。《史記・屈原傳》

9　《漢書・王褒傳》，「宣帝時徵能為《楚辭》。九江被公召見誦讀。」

説他「作〈懷沙〉之賦」;〈懷沙〉是〈九章〉之一,本無「賦」名。《傳》尾又説,「宋玉、唐勒、景差之徒,皆好辭而以賦見稱。」《漢書·藝文志·詩賦略》列「屈原賦二十五篇」,就是〈離騷〉等。大概「辭」是後來的名字,專指屈、宋一類作品;賦雖從辭出,卻是先起的名字,在未採用「辭」的名字以前,本包括「辭」而言。所以渾言稱「賦」,稱「辭賦」,分言稱「辭」和「賦」。後世引述屈、宋諸家,只通稱「楚辭」,沒有單稱「辭」的。但卻有稱「騷」「騷體」「騷賦」的,這自然是〈離騷〉的影響。

荀子的〈賦篇〉最早稱「賦」。篇中分詠「禮」「知」「雲」「蠶」「箴」(針)五件事物,像是謎語;其中頗有諷世的話,可以説是「隱」的支流餘裔。荀子久居齊國的稷下,又在楚國做過縣令,死在那裏。他的好「隱」,也是自然的。〈賦篇〉總題分詠,自然和後來的賦不同,但是安排客主,問答成篇,卻開了後來賦家的風氣。荀賦和屈辭原來似乎各是各的;這兩體的合一,也許是在賈誼手裏。賈誼是荀卿的再傳弟子,他的境遇卻近於屈原,又久居屈原的故鄉;很可能的,他模擬屈原的體制,

卻襲用了荀卿的「賦」的名字。這種賦日漸發展，屈原諸作也便被稱為「賦」；「辭」的名字許是後來因為擬作多了，才分化出來，作為此體的專稱的。辭本是「辯解的言語」的意思，用來稱屈、宋諸家所作，倒也並無不合之處。

《漢書・藝文志・詩賦略》分賦為四類。「雜賦」十二家是總集，可以不論。屈原以下二十家，是言情之作。陸賈以下二十一家，已佚，大概近於縱橫家言。就中「陸賈賦三篇」，在賈誼之先；但作品既不可見，是他自題為賦，還是後人追題，不能知道，只好存疑了。荀卿以下二十五家，大概是敘物明理之作。這三類裏，賈誼以後各家，多少免不了屈原的影響，但已漸有散文化的趨勢；第一類中的司馬相如便是創始的人。——託為屈原作的〈卜居〉、〈漁父〉，通篇散文化，只有幾處用韻，似乎是《莊子》和荀賦的混合體制，又當別論。——散文化更容易鋪張些。「賦」本是「鋪」的意思，鋪張倒是本來面目。可是鋪張的作用原在諷諫；這時候卻為鋪張而鋪張。所謂「勸百而諷一」[10]。當時漢

10　《漢書・司馬相如傳・贊》引揚雄語。

武帝好辭賦，作者極眾，爭相競勝，所以致此。揚雄說，「詩人之賦麗以則，辭人之賦麗以淫」[11]；「詩人之賦」便是前者，「辭人之賦」便是後者。甚至有詼諧嫚戲，毫無主旨的。難怪辭賦家會被人鄙視為倡優[①]了。

東漢以來，班固作〈兩都賦〉，「極眾人之所眩曜，折以今之法度」[12]；張衡仿他作〈二京賦〉。晉左思又仿作〈三都賦〉。這種賦鋪敘歷史地理，近於後世的類書；是陸賈、荀卿兩派的混合，是散文的更進一步。這和屈、賈言情之作卻迥不相同了。此後賦體漸漸縮短，字句卻整煉起來。那時期一般詩文都趨向排偶化，賦先是領着走，後來是跟着走；作賦專重寫景述情，務求精巧，不再用來諷諫。這種賦發展到齊、梁、唐初為極盛，稱為「俳體」的賦。[13]「俳」是遊戲的意思，對諷諫而言；其實這種作品倒也並非滑稽嫚戲之作。唐代古文運動起來，宋代加以發揮光大，詩文不再重排偶而趨向散文化，賦體也變了。像歐陽修的〈秋聲賦〉，蘇軾的〈前

11　《法言・吾子》篇。

12　〈兩都賦序〉。

13　「俳體」的名稱，見元祝堯《古賦辨體》。

①　以歌舞雜技為業的人。

後赤壁賦〉，雖然有韻而全篇散行，排偶極少，比〈卜居〉、〈漁父〉更其散文的。這稱為「文體」的賦。[14] 唐宋兩代，以詩賦取士，規定程式。那種賦定為八韻，調平仄，講對仗；制題新巧，限韻險難。這只是一種技藝罷了。這稱為「律賦」。對「律賦」而言，「俳體」和「文體」的賦都是「古賦」；這「古賦」的名字和「古文」的名字差不多，真正「古」的如屈宋的辭，漢人的賦，倒是不包括在內的。賦似乎是我國特有的體制；雖然有韻，而就它全部的發展看，卻與文近些，不算是詩。

參考資料

游國恩《讀騷論微初集》。

14　「文體」的名稱，見元祝堯《古賦辨體》。

互動欄

辭賦第十一

賦講究鋪張揚厲，多用典故，一度至堆砌的程度。各位不妨猜猜南北朝庾信的〈哀江南賦序〉六百字，共用了多少典故？

A、二十多個　B、四十多個　C、五十多個

_____

B、四十多個

詩第十二

　　漢武帝立樂府，採集代、趙、秦、楚的歌謠和樂譜；教李延年作協律都尉，負責整理那些歌辭和譜子，以備傳習唱奏。當時樂府裏養着各地的樂工好幾百人，大約便是演奏這些樂歌的。歌謠採來以後，他們先審查一下。沒有譜子的，便給制譜；有譜子的，也得看看合適不合適，不合適的地方，便給改動一些。這就是「協律」的工作。歌謠的「本辭」合樂時，有的保存原來的樣子，有的刪節，有的加進些複沓的甚至不相干的章句。「協律」以樂為主，只要合調；歌辭通不通，他們是不大在乎的。他們有時還在歌辭裏夾進些泛聲；「辭」寫大字，「聲」寫小字。但流傳久了，聲辭混雜起來，後世便不容易看懂了。這種種樂歌，後來稱為「樂府詩」，簡稱就叫「樂府」。北宋太原郭茂倩收集漢樂府以下歷代合樂的和不合樂的歌謠，以及模擬之作，成為一書，題作《樂府詩集》；他所謂「樂府詩」，範圍是很廣的。

就中漢樂府，沈約《宋書·樂志》特稱為「古辭」。

漢樂府的聲調和當時稱為「雅樂」的三百篇不同，所採取的是新調子。這種新調子有兩種：「楚聲」和「新聲」。屈原的辭可為楚聲的代表。漢高祖是楚人，喜歡楚聲；楚聲比雅樂好聽。一般人不用說也是喜歡楚聲的。楚聲便成了風氣。武帝時樂府所採的歌謠，楚以外雖然還有代、趙、秦各地的，但聲調也許差不很多。那時卻又輸入了新聲；新聲出於西域和北狄的軍歌。李延年多多採取這種調子唱奏歌謠，從此大行，楚聲便讓壓下去了。楚聲的句調比較雅樂參差得多，新聲的更比楚聲參差得多。可是楚聲裏也有整齊的五言，楚調曲裏各篇更全然如此，像著名的〈白頭吟〉、〈梁甫吟〉、〈怨歌行〉都是的。[1] 這就是五言詩的源頭。

漢樂府以敍事為主。所敍的社會故事和風俗最多，歷史及遊仙的故事也佔一部份。此外便是男女相思和離別之作，格言式的教訓，人生的慨嘆等等。這些都是一般人所喜歡的題材。用一般人所喜歡的調子，歌詠一般人所喜歡的題材，自然可以風靡一

1　以上參用朱希祖〈漢三大樂府調辨〉（《清華學報》四卷二期）說。

世。哀帝即位，卻以為這些都是不正經的樂歌；他廢了樂府，裁了多一半樂工——共四百四十一人，——大概都是唱奏各地樂歌的。當時頗想恢復雅樂，但沒人懂得，只好罷了。不過一般人還是愛好那些樂歌。這風氣直到漢末不變。東漢時候，這些樂歌已經普遍化，文人仿作的漸多；就中也有仿作整齊的五言的，像班固〈詠史〉。但這種五言的擬作極少；而班固那一首也未成熟，鍾嶸在《詩品·序》裏評為「質木無文」，是不錯的。直到漢末，一般文體都走向整煉一路，試驗這五言體的便多起來；而最高的成就是《文選》所錄的〈古詩十九首〉。

舊傳最早的五言詩，是〈古詩十九首〉和蘇武、李陵詩；説「十九首」裏有七首是枚乘作的，和蘇、李詩都出現於漢武帝時代。但據近來的研究，這十九首古詩實在都是漢末的作品；蘇、李詩雖題了蘇、李的名字，卻不合於他們的事跡，從風格上看，大約也和「十九首」出現在差不多的時候。這十九首古詩並非一人之作，也非一時之作，但都模擬言情的樂府。歌詠的多是相思離別，以及人生無常當及時行樂的意思；也有對於邪臣當道、賢人放逐、朋友富貴相忘、知音難得等事的慨嘆。這些都算是

普遍的題材；但後一類是所謂「失志」之作，自然兼受了《楚辭》的影響。鍾嶸評古詩，「可謂幾乎一字千金」；因為所詠的幾乎是人人心中所要說的，卻不是人人口中筆下所能說的，而又能夠那樣平平說出，曲曲說出，所以是好。「十九首」只像對朋友說家常話，並不在字面上用工夫，而自然達意，委婉盡情，合於所謂「溫柔敦厚」的詩教。[2] 到唐為止，這是五言詩的標準。

漢獻帝建安年間（公元 196－219 年），文學極盛，曹操和他的兒子曹丕、曹植兩兄弟是文壇的主持人；而曹植更是個大詩家。這時樂府聲調已多失傳，他們卻用樂府舊題，改作新詞；曹丕、曹植兄弟尤其努力在五言體上。他們一班人也作獨立的五言詩。敍遊宴，述恩榮，開後來應酬一派。但只求明白誠懇，還是歌謠本色。就中曹植在曹丕做了皇帝之後，頗受猜忌，憂患的情感，時時流露在他的作品裏。詩中有了「我」，所以獨成大家。這時候五言作者既多，開始有了工拙的評論；曹丕說劉楨「五言詩之善者，妙絕時人」[3]，便是例子。但真

2　「詩教」見《禮記·經解》。
3　〈與吳質書〉。

正奠定了五言詩的基礎的是魏代的阮籍，他是第一個用全力作五言詩的人。

阮籍是老、莊和屈原的信徒。他生在魏晉交替的時代，眼見司馬氏三代專權，欺負曹家，壓迫名士，一肚皮牢騷只得發洩在酒和詩裏。他作〈詠懷詩〉八十多首，述神話，引史事，敍艷情，託於鳥獸草木之名，主旨不外說富貴不能常保，禍患隨時可至，年歲有限，一般人鑽在利祿的圈子裏，不知放懷遠大，真是可憐之極。他的詩充滿了這種悲憫的情感，「憂思獨傷心」[4] 一句可以表見。這裏《楚辭》的影響很大；鍾嶸說他「源出於〈小雅〉」，似乎是皮相之談。本來五言詩自始就脫不了《楚辭》的影響，不過他尤其如此。他還沒有用心琢句；但語既渾括，譬喻又多，旨趣更往往難詳。這許是當時的不得已，卻因此增加了五言詩文人化的程度。他是這樣擴大了詩的範圍，正式成立了抒情的五言詩。

晉代詩漸漸排偶化、典故化。就中左思的〈詠史詩〉，郭璞的〈遊仙詩〉，也取法《楚辭》，借古人及神仙抒寫自己的懷抱，為後世所宗。郭璞是

---

4 〈詠懷〉第一首。

東晉初的人。跟着就流行了一派玄言詩。孫綽、許詢是領袖。他們作詩，只是融化老、莊的文句，抽象說理，所以鍾嶸說像「道德論」[5]。這種詩千篇一律，沒有「我」；《蘭亭集詩》各人所作四言五言各一首，都是一個味兒，正是好例。但在這種影響下，卻孕育了陶淵明和謝靈運兩個大詩人。陶淵明，潯陽柴桑人，做了幾回小官，覺得做官不自由，終於回到田園，躬耕自活。他也是老、莊的信徒，從躬耕裏領略到自然的恬美和人生的道理。他是第一個人將田園生活描寫在詩裏。他的躬耕免禍的哲學也許不是新的，可都是他從真實生活裏體驗得來的，與口頭的玄理不同，所以親切有味。詩也不妨說理，但須有理趣，他的詩能夠作到這一步。他作詩也只求明白誠懇，不排不典；他的詩是散文化的。這違反了當時的趨勢，所以《詩品》只將他放在中品裏。但他後來確成了千古「隱逸詩人之宗」[6]。

謝靈運，宋時做到臨川太守。他是有政治野心的，可是不得志。他不但是老、莊的信徒，也是佛的信徒。他最愛遊山玩水，常常領了一群人到處探

5　《詩品·序》。
6　《詩品》論陶語。

奇訪勝；他的自然的哲學和出世的哲學教他沉溺在山水的清幽裏。他是第一個在詩裏用全力刻畫山水的人；他也可以說是第一個用全力雕琢字句的人。他用排偶，用典故，卻能創造新鮮的句子；不過描寫有時不免太繁重罷了。他在賞玩山水的時候，也常悟到一些隱遁的超曠的人生哲理；但寫到詩裏，不能和那精巧的描寫打成一片，像硬裝進去似的。這便不如陶淵明的理趣足，但比那些「道德論」自然高妙得多。陶詩教給人怎樣賞味田園，謝詩教給人怎樣賞味山水；他們都是發現自然的詩人。陶是寫意，謝是工筆。謝詩從制題到造句，無一不是工筆。他開了後世詩人着意描寫的路子；他所以成為大家，一半也在這裏。

齊武帝永明年間（公元 483—493 年），「聲律說」大盛。四聲的分別，平仄的性質，雙聲疊韻的作用，都有人指出，讓詩文作家注意。從前只着重句末的韻，這時更着重句中的「和」；「和」就是念起來順口，聽起來順耳。從此詩文都力求諧調，遠於語言的自然。這時的詩，一面講究用典，一面講究聲律，不免有側重技巧的毛病。到了梁簡文帝，又加新變，專詠艷情，稱為「宮體」，詩的境

界更狹窄了。這種形式與題材的新變，一直影響到唐初的詩。這時候七言的樂歌漸漸發展。漢、魏文士仿作樂府，已經有七言的，但只零星偶見，後來舞曲裏常有七言之作。到了宋代，鮑照有〈行路難〉十八首，人生的感慨頗多，和舞曲描寫聲容的不一樣，影響唐代的李白、杜甫很大。但是梁以來七言的發展，卻還跟着舞曲的路子，不跟着鮑照的路子。這些都是宮體的諧調。

　　唐代諧調發展，成立了律詩絕句，稱為近體；不是諧調的詩，稱為古體；又成立了古近體的七言詩。古體的五言詩也變了格調。這些都是劃時代的。初唐時候，大體上還繼續着南朝的風氣，輾轉在艷情的圈子裏。但是就在這時候，沈佺期、宋之問奠定了律詩的體制。南朝論聲律，只就一聯兩句說；沈、宋卻能看出諧調有四種句式。兩聯四句才是諧調的單位，可以稱為週期。這單位後來寫成「仄仄平平仄，平平仄仄平，平平平仄仄，仄仄仄平平」的譜。沈、宋在一首詩裏用兩個週期，就是重疊一次；這樣，聲調便諧和富厚，又不致單調。這就是八句的律詩。律有「聲律」「法律」兩義。律詩體制短小，組織必須經濟，才能發揮它的效力；「法律」便是這個

意思。但沈、宋的成就只在聲律上，「法律」上的進展，還等待後來的作家。

　　宮體詩漸漸有人覺得膩味了；陳子昂、李白等說這種詩頹靡淺薄，沒有價值。他們不但否定了當時古體詩的題材，也否定了那些詩的形式。他們的五言古體，模擬阮籍的〈詠懷〉，但是失敗了。一般作家卻只大量的仿作七言的樂府歌行，帶着多少的排偶與諧調。——當時往往就這種歌行裏截取諧調的四句入樂奏唱。——可是李白更撇開了排偶和諧調，作他的七言樂府。李白，蜀人，明皇時做供奉翰林；觸犯了楊貴妃，不能得志。他是個放浪不羈的人，便辭了職，遊山水，喝酒，作詩。他的樂府很多，取材很廣；他是借着樂府舊題來抒寫自己生活的。他的生活態度是出世的；他作詩也全任自然。人家稱他為「天上謫仙人」[7]；這說明了他的人和他的詩。他的歌行增進了七言詩的價值；但他的絕句更代表着新制。絕句是五言或七言的四句，大多數是諧調。南北朝民歌中，五言四句的諧調最多，影響了唐人；南朝樂府裏也有七言四句的，但不太多。

7　原是賀知章語，見《舊唐書·李白傳》。

李白和別的詩家紛紛製作，大約因為當時輸入的西域樂調宜於這體制，作來可供宮廷及貴人家奏唱。絕句最短小，貴含蓄，忌說盡。李白所作，自然而不覺費力，並且暗示着超遠的境界；他給這新體詩立下了一個標準。

但是真正繼往開來的詩人是杜甫。他是河南鞏縣人。安祿山陷長安，肅宗在靈武即位，他從長安逃到靈武，做了「左拾遺」的官，因為諫救房琯，被放了出去。那時很亂，又是荒年，他輾轉流落到成都，依靠故人嚴武，做到「檢校工部員外郎」，所以後來稱為杜工部。他在蜀中住了很久。嚴武死後，他避難到湖南，就死在那裏。他是儒家的信徒；「致君堯舜上，再使風俗淳」是他的素志。[8] 又身經亂離，親見了民間疾苦。他的詩努力描寫當時的情形，發抒自己的感想。唐代以詩取士，詩原是應試的玩意兒；詩又是供給樂工歌妓唱了去伺候宮廷及貴人的玩意兒。李白用來抒寫自己的生活，杜甫用來抒寫那個大時代，詩的領域擴大了，價值也增高了。而杜甫寫「民間的實在痛苦，社會的實在問題，

8　杜甫〈奉贈韋左丞丈二十二韻〉。

國家的實在狀況，人生的實在希望與恐懼」⁹，更給詩開闢了新世界。

他不大仿作樂府，可是他描寫社會生活正是樂府的精神；他的寫實的態度也是從樂府來的。他常在詩裏發議論，並且引證經史百家；但這些議論和典故都是通過了他的滿腔熱情奔迸出來的，所以還是詩。他這樣將詩歷史化和散文化；他這樣給詩創造了新語言。古體的七言詩到他手裏正式成立；古體的五言詩到他手裏變了格調。從此「溫柔敦厚」之外，又開了「沉着痛快」一派。¹⁰五言律詩，王維、孟浩然已經不用來寫艷情而用來寫山水；杜甫卻更用來表現廣大的實在的人生。他的七言律詩，也是如此。他作律詩很用心在組織上。他的五言律詩最多，差不多窮盡了這體制的變化。他的絕句直述胸懷，嫌沒有餘味；但那些描寫片段的生活印象的，卻也不缺少暗示的力量。他也能欣賞自然，晚年所作，頗有清新的刻畫的句子。他又是個有諧趣的人，他的詩往往透着滑稽的風味。但這種滑稽的風味和

9　胡適《白話文學史》。

10　《滄浪詩話》說詩的「大概有二：曰優遊不迫，曰沉着痛快」。「優遊不迫」就是「溫柔敦厚」。

他的嚴肅的態度調和得那樣恰到好處，一點也不至於減損他和他的詩的身份。

杜甫的影響直貫到兩宋時代；沒有一個詩人不直接間接學他的，沒有一個詩人不發揚光大他的。古文家韓愈，跟着他將詩進一步散文化；而又造奇喻，押險韻，鋪張描寫，像漢賦似的。他的詩逞才使氣，不怕說盡，是「沉着痛快」的詩。後來有元稹、白居易二人在政治上都升沉了一番；他們卻繼承杜甫寫實的表現人生的態度。他們開始將這種態度理論化；主張詩要「上以補察時政，下以洩導人情」，「嘲風雪，弄花草」是沒有意義的。[11] 他們反對雕琢字句，主張誠實自然。他們將自己的詩分為「諷諭」的和「非諷諭」的兩類。他們的詩卻容易懂，又能道出人人心中的話，所以雅俗共賞，一時風行。當時最流傳的是他們新創的諧調的七言敍事詩，所謂「長慶體」的，還有社會問題詩。

晚唐詩向來推李商隱、杜牧為大家。李一生輾轉在黨爭的影響中。他和溫庭筠並稱；他們的詩又走回艷情一路。他們集中力量在律詩上，用典精巧，

11　白居易〈與元九（稹）書〉。

對偶整切。但李學杜、韓，器局較大；他的艷情詩有些實在是政治的譬喻，實在是感時傷事之作。所以地位在溫之上。杜牧做了些小官兒，放蕩不羈，而很負盛名，人家稱為小杜——老杜是杜甫。他的詩詞采華艷，卻富有縱橫氣，又和溫、李不同。然而都可以歸為綺麗一派。這時候別的詩家也集中力量在律詩上。一些人專學張籍、賈島的五言律，這兩家都重苦吟，總捉摸着將平常的題材寫得出奇，所以思深語精，別出蹊徑。但是這種詩寫景有時不免瑣屑，寫情有時不免偏僻，便覺不大方。這是僻澀一派。另一派出於元、白，作詩如說話，嬉笑怒罵，兼而有之，又時時雜用俗語。這是粗豪一派。[12] 這些其實都是杜甫的鱗爪，也都是宋詩的先驅；綺麗一派只影響宋初的詩，僻澀、粗豪兩派卻影響了宋一代的詩。

宋初的詩專學李商隱；末流只知道典故對偶，真成了詩玩意兒。王禹偁獨學杜甫，開了新風氣。歐陽修、梅堯臣接着發現了韓愈，起始了宋詩的散文化。歐陽修曾遭貶謫；他是古文家。梅堯臣一生不

12　以上參用胡小石《中國文學史》（上海人文社版）說。

得志。歐詩雖學韓，卻平易疏暢，沒有奇險的地方。梅詩幽深淡遠，歐評他「譬如妖韶女，老自有餘態」，「初如食橄欖，其味久愈在」[13]。宋詩散文化，到蘇軾而極。他是眉州眉山（今四川眉山）人，因為攻擊王安石的新法，一輩子升沉在黨爭中。他將禪理大量的放進詩裏，開了一個新境界。他的詩氣象宏闊，鋪敍宛轉，又長於譬喻，真到用筆如舌的地步；但不免「掉書袋」的毛病。他門下出了一個黃庭堅，是第一個有意的講究詩的技巧的人。他是洪州分寧（今江西修水）人，也因黨爭的影響，屢遭貶謫，終於死在貶所。他作詩着重鍛煉，着重句律；句律就是篇章字句的組織與變化。他開了江西詩派。

劉克莊《江西詩派小序》説他「薈萃百家句律之長，究極歷代體制之變，搜獵奇書，穿穴異聞，作為古律，自成一家；雖隻字半句不輕出」。他不但講究句律，並且講究運用經史以至奇書異聞，來增富他的詩。這些都是杜甫傳統的發揚光大。王安石已經提倡杜詩，但到黃庭堅，這風氣才昌盛。黃還是繼續將詩散文化，但組織得更經濟些；他還是

13　〈水谷夜行寄子美聖俞〉。

在創造那闊大的氣象，但要使它更富厚些。他所求的是新變。他研究歷代詩的利病，將作詩的規矩得失，指示給後學，教他們知道路子，自己去創造，發展到變化不測的地步。所以能夠獨開一派。他不但創新，還主張點化陳腐以為新；創新需要人才，點化陳腐，中才都可勉力作去。他不但能夠「以故為新」，並且能夠「以俗為雅」。其實宋詩都可以說是如此，不過他開始有意的運用這兩個原則罷了。他的成就尤其在七言律上；組織固然更精密，音調也諧中有拗，使每個字都斬絕的站在紙面上，不至於隨口滑過去。

南宋的三大詩家都是從江西派變化出來的。楊萬里為人有氣節；他的詩常常變格調。寫景最工；新鮮活潑的譬喻，層見疊出，而且不碎不僻，能從大處下手。寫人的情意，也能鋪敍纖悉，曲盡其妙；所謂「筆端有口，句中有眼」[14]。他作詩只是自然流出，可是一句一轉，一轉一意；所以只覺得熟，不覺得滑。不過就全詩而論，範圍究竟狹窄些。范成大是個達官。他是個自然詩人，清新中兼有拗峭。

14　周必大跋楊誠齋詩語。

陸游是個愛君愛國的詩人。吳之振《宋詩鈔》說他學杜而能得杜的心。他的詩有兩種：一種是感激豪宕，沉鬱深婉之作，一種是流連光景，清新刻露之作。他作詩也重真率，輕「藻繪」，所謂「文章本天成，妙手偶得之」[15]。他活到八十五歲，詩有萬首；最熟於詩律，七言律尤為擅長。——宋人的七言律實在比唐人進步。

向來論詩的對於唐以前的五言古詩，大概推尊，以為是詩的正宗；唐以後的五言古詩，卻說是變格，價值差些，可還是詩。詩以「吟詠情性」[16]，該是「溫柔敦厚」的。按這個界說，齊、梁、陳、隋的五言古詩其實也不夠格，因為題材太小，聲調太軟，算不得「敦厚」。七言歌行及近體成立於唐代，卻只能以唐代為正宗。宋詩議論多，又一味刻畫，多用俗語，拗折聲調。他們說這只是押韻的文，不是詩。但是推尊宋詩的卻以為天下事物窮則變，變則通，詩也是如此。變是創新，是增擴，也就是進步。若不容許變，那就只有模擬，甚至只有鈔襲；那種「優

15　陸游〈文章詩〉。
16　「詩大序」。

孟衣冠①」，甚至土偶木人，又有甚麼意義可言！即如模擬所謂盛唐詩的，末流往往只剩了空廓的架格和浮滑的聲調；要是再不變，詩道豈不真窮了？所以詩的界說應該隨時擴展；「吟詠情性」「溫柔敦厚」諸語，也當因歷代的詩辭而調整原語的意義。詩畢竟是詩，無論如何的擴展與調整，總不會與文混合為一的。詩體正變說起於宋代，唐、宋分界說起於明代；其實歷代詩各有勝場也各有短處，只要知道新、變，便是進步，這些爭論是都不成問題的。

---

① 戲曲藝人假扮古人，模仿他人。

詩第十二

　　唐代以詩見長，有不少傳世經典，讀者試為五言絕詩和七言律詩各舉一例。

　　五言絕詩：王維〈相思〉：「紅豆生南國，春來發幾枝。願君多採擷，此物最相思。」

　　七言律詩：李商隱〈錦瑟〉：「錦瑟無端五十弦，一弦一柱思華年。莊生曉夢迷蝴蝶，望帝春心托杜鵑。滄海月明珠有淚，藍田日暖玉生煙。此情可待成追憶，只是當時已惘然。」

文第十三

　　現存的中國最早的文，是商代的卜辭。這只算是些句子，很少有一章一節的。後來《周易》卦爻辭和《魯春秋》也是如此，不過經卜官和史官按着卦爻與年月的順序編纂起來，比卜辭顯得整齊些罷了。便是這樣，王安石還說《魯春秋》是「斷爛朝報」[1]。所謂「斷」，正是不成片段，不成章節的意思。卜辭的簡略大概是工具的緣故；在脆而狹的甲骨上用刀筆刻字，自然不得不如此。卦爻辭和《魯春秋》似乎沒有能夠跳出卜辭的氛圍去；雖然寫在竹木簡上，自由比較多，卻依然只跟着卜辭走。《尚書》就不同了。〈虞書〉、〈夏書〉大概是後人追記，而且大部份是戰國末年的追記，可以不論；但那幾篇〈商書〉，即使有些是追記，也總在商周之間。那不但有章節，並且成了篇，足以代表當時史的發

1　宋周麟之跋孫覺《春秋經解》引王語。「朝報」相當於現在的政府公報。

展，就是敘述文的發展。而議論文也在這裏面見了源頭。卜辭是「辭」，《尚書》裏大部份也是「辭」。這些都是官文書。

記言記事的辭之外，還有訟辭。打官司的時候，原被告的口供都叫做「辭」；辭原是「訟」的意思，[2]是辯解的言語。這種辭關係兩造的利害很大，兩造都得用心陳說；審判官也得用心聽，他得公平的聽兩面兒的。這種辭也兼有敘述和議論；兩造自己辦不了，可以請教訟師。這至少是周代的情形。春秋時候，列國交際頻繁，外交的言語關係國體和國家的利害更大，不用說更需慎重了。這也稱為「辭」，又稱為「命」，又合稱為「辭命」或「辭令」。鄭子產便是個善於辭命的人。鄭是個小國，他辦外交，卻能教大國折服，便靠他的辭命。他的辭引古為證，宛轉而有理，他的態度卻堅強不屈。孔子讚美他的辭，更讚美他的「慎辭」[3]。孔子說當時鄭國的辭命，子產先教裨諶創意起草，交給世叔審查，再教行人子羽修改，末了兒他再加潤色。[4]他的確是很慎重的。

2　《說文解字》辛部。
3　均見《左傳》襄公二十五年。
4　《論語·憲問》。

辭命得「順」，就是宛轉而有理；還得「文」，就是引古為證。

孔子很注意辭命，他覺得這不是件易事，所以自己謙虛的說是辦不了。但教學生卻有這一科；他稱讚宰我、子貢，擅長言語，[5]「言語」就是「辭命」。那時候言文似乎是合一的。辭多指說出的言語，命多指寫出的言語；但也可以兼指。各國派使臣，有時只口頭指示策略，有時預備下稿子讓他帶着走。這都是命。使臣受了命，到時候總還得隨機應變，自己想說話；因為許多情形是沒法預料的。——當時言語，方言之外有「雅言」。「雅言」就是「夏言」，是當時的京話或官話。孔子講學似乎就用雅言，不用魯語。[6] 卜、《尚書》和辭命，大概都是歷代的雅言。訟辭也許不同些。雅言用的既多，所以每字都能寫出，而寫出的和說出的雅言，大體上是一致的。孔子說「辭」只要「達」就成。[7] 辭是辭命，「達」是明白，辭多了像背書，少了說不明白，多少要恰

5　《論語·先進》。

6　《論語·述而》：「子所雅言：《詩》、《書》、執禮，皆雅言也。」這裏用劉寶楠《論語正義》的解釋。

7　《論語·衛靈公》：「子曰：『辭達而已矣。』」

如其分。[8] 辭命的重要，代表議論文的發展。

戰國時代，游說之風大盛。遊士立談可以取卿相，所以最重說辭。他們的說辭卻不像春秋的辭命那樣從容宛轉了。他們鋪張局勢，滔滔不絕，真像背書似的；他們的話，像天花亂墜，有時誇飾，有時詭曲，不問是非，只圖激動人主的心。那時最重辯。墨子是第一個注意辯論方法的人，他主張「言必有三表」。「三表」是「上本之於古者聖王之事」，「下原察百姓耳目之實」，「廢（發）以為刑政，觀其中國家百姓人民之利」[9]；便是三個標準。不過他究竟是個注重功利的人，不大喜歡文飾，「恐人懷其文，忘其『用』」，所以楚王說他「言多不辯」[10]。——後來有了專以辯論為事的「辯者」，墨家這才更發展了他們的辯論方法，所謂《墨經》便成於那班墨家的手裏。——儒家的孟、荀也重辯。孟子說，「予豈好辯哉？予不得已也！」[11] 荀子也說，「君子必辯。」[12] 這些都是遊士的影響。但道家的老、

8　《儀禮·聘禮》：「辭多則史，少則不達，辭苟足以達，義之至也。」
9　《墨子·非命》上。
10　《韓非子·外儲說》左上。
11　《孟子·滕文公》下。
12　《荀子·非相篇》。

莊，法家的韓非，卻不重辯。《老子》裏説，「信言不美，美言不信」[13]，「老學」所重的是自然。《莊子》裏説，「大辯不言」[14]，「莊學」所要的是神秘。韓非也注重功利，主張以法禁辯，説辯「生於上之不明」[15]。後來儒家作《易文言傳》，也道：「君子進德修業。忠信，所以進德也；修辭立其誠，所以居業也。」這不但是在暗暗的批評着遊士好辯的風氣，恐怕還在暗暗的批評着後來稱為名家的「辯者」呢。《文言傳》舊傳是孔子所作，不足信；但這幾句話和「辭達」論倒是合拍的。

孔子開了私人講學的風氣，從此也便有了私家的著作。第一種私家著作是《論語》，卻不是孔子自作而是他的弟子們記的他的説話。諸子書大概多是弟子們及後學者所記，自作的極少。《論語》以記言為主，所記的多是很簡單的。孔子主張「慎言」，痛恨「巧言」和「利口」，他向弟子們説話，大概是很質直的，弟子們體念他的意思，也只簡單的記出。到了墨子和孟子，可就鋪排得多。《墨子》大

13　《老子》八十一章。
14　《莊子‧齊物論》。
15　《韓非子‧問辯》。

約也是弟子們所記。《孟子》據說是孟子晚年和他的弟子公孫丑、萬章等編定的，可也是弟子們記言的體制。那時是個「好辯」的時代。墨子雖不好辯，卻也脫不了時代影響。孟子本是個好辯的人。記言體制的恢張，也是自然的趨勢。這種記言是直接的對話。由對話而發展為獨白，便是「論」。初期的論，言意渾括，《老子》可為代表；後來的《墨經》，《韓非子》「儲說」的經，《管子》的〈經言〉，都是這體制。再進一步，便是恢張的論，《莊子·齊物論》等篇以及《荀子》、《韓非子》、《管子》的一部份，都是的。——群經諸子書裏常常夾着一些韻句，大概是為了強調。後世的文也偶爾有這種例子。中國的有韻文和無韻文的界限，是並不怎樣嚴格的。

還有一種「寓言」，借着神話或歷史故事來抒論。《莊子》多用神話，《韓非子》多用歷史故事：《莊子》有些神仙家言，《韓非子》是繼承《莊子》的寓言而加以變化。戰國遊士的說辭也好用譬喻。譬喻成了風氣；這開了後來辭賦的路。論是進步的體制，但還只以篇為單位，「書」的觀念還沒有。直到《呂氏春秋》，才成了第一部有系統的書。[16] 這

16　上節及本節參用傅斯年〈戰國文籍中之篇式書體〉（《中央研究院語言歷史研究所集刊》第一本第二分）說。

部書成於呂不韋的門客之手，有十二紀、八覽、六論，共三十多萬字。十二代表十二月，八是卦數，六是秦代的聖數；這些數目是本書的間架，是外在的系統，並非邏輯的秩序，漢代劉安主編《淮南子》，才按照邏輯的秩序，結構就嚴密多了。自從有了私家著作，學術日漸平民化。著作越來越多，流傳也越來越廣。「雅言」便成了凝定的文體了。後世大體採用，言文漸漸分離。戰國末期，「雅言」之外原還有齊語楚語兩種有勢力的方言。[17]但是齊語只在《春秋公羊傳》裏留下一些，楚語只在屈原的「辭」裏留下幾個助詞如「羌」「些」等；這些都讓「雅言」壓倒了。

伴隨着議論文的發展，記事文也有了長足的進步。這裏《春秋左氏傳》是一座里程碑。在前有分國記言的《國語》，《左傳》從它裏面取材很多。那是鋪排的記言，一面以《尚書》為範本，一面讓當時記言體恢張的趨勢推動着，成了這部書。其中自然免不了記事的文字；《左傳》便從這裏出發，

17　《孟子‧滕文公》：「有楚大夫於此，欲其子之齊語也，則使齊人傅諸。」楚人要學齊語，可見齊語流行很廣。又《韓詩外傳》四：「然則楚之狂者楚言，齊之狂者齊言，習使然也。」「楚言」和「齊言」並舉，可見楚言也是很有勢力的。

將那恢張的趨勢表現在記事文裏。那時遊士的說辭也有人分國記載，也是鋪排的記言，後來成為《戰國策》那部書。《左傳》是說明《春秋》的，是中國第一部編年史。它最長於戰爭的記載；它能夠將千頭萬緒的戰事敍得層次分明，它的描寫更是栩栩如生。它的記言也異曲同工，不過不算獨創罷了。它可還算不得一部有自己的系統的書；它的順序是依着《春秋》的。《春秋》的編年並不是自覺的系統，而且「斷如復斷」，也不成一部「書」。

漢代司馬遷的《史記》才是第一部有自己的系統的史書。他創造了「紀傳」的體制。他的書包括十二本紀、十表、八書、三十世家、七十列傳，共五十多萬字。十二是十二月，是地支，十是天干，八是卦數，三十取《老子》「三十輻共一轂①」的意思，表示那些「輔弼股肱之臣」「忠信行道以奉主上」[18]；七十表示人壽之大齊，因為列傳是記載人物的。這也是用數目的哲學作系統，並非邏輯的秩序，和《呂氏春秋》一樣。這部書「厥協六經異傳，整齊百家雜語」，以剪裁與組織見長。但是它的文字

18　《史記・自序》。
①　輻，車輪中的直木；轂，車輪中心圓木。輻轂組合而成車輪。

最大的貢獻，還在描寫人物。左氏只是描寫事，司馬遷進一步描寫人；寫人更需要精細的觀察和選擇，比較的更難些。班彪論《史記》「善敍事理，辯而不華，質而不野，文質相稱」[19]，這是說司馬遷行文委曲自然。他寫人也是如此。他又往往即事寓情，低徊不盡；他的悲憤的襟懷，常流露在字裏行間。明代茅坤稱他「出〈風〉入〈騷〉」[20]，是不錯的。

漢武帝時候，盛行辭賦；後世說「楚辭漢賦」，真的，漢代簡直可以說是賦的時代。所有的作家幾乎都是賦的作家。賦既有這樣壓倒的勢力，一切的文體，自然都受它的影響。賦的特色是鋪張、排偶、用典故。西漢記事記言，都還用散行的文字，語意大抵簡明；東漢就在散行裏夾排偶，漢魏之際，排偶更甚。西漢的賦，雖用排偶，卻還重自然，並不力求工整；東漢到魏，越來越工整，典故也越用越多。西漢普通文字，句子很短，最短有兩個字的。東漢的句子，便長起來，最短的是四個字；魏代更長，往往用上四下六或上六下四的兩句以完一意。所謂「駢文」或「駢體」，便這樣開始發展。駢體

19　《後漢書‧班彪傳》。
20　《史記評林》總評。

出於辭賦，夾帶着不少的抒情的成份；而句讀整齊，對偶工麗，可以悦目，聲調和諧，又可悦耳，也都助人情韻。因此能夠投人所好，成功了不廢的體制。

梁昭明太子在《文選》裏第一次提出「文」的標準，可以説是駢體發展的指路牌。他不選經子史，也不選「辭」。經太尊，不可選；史「褒貶是非，紀別異同」，不算「文」；子「以立意為宗，不以能文為本」；「辭」是子史的支流，也都不算「文」。他所選的只是「事出於沉思，義歸乎翰藻」之作。「事」是「事類」，就是典故；「翰藻」兼指典故和譬喻。典故用得好的，譬喻用得好的，他才選在他的書裏。這種作品好像各種樂器，「並為入耳之娛」，好像各種繡衣，「俱為悦目之玩」。這是「文」，和經子史及「辭」的作用不同，性質自異。後來梁元帝又説：「吟詠風謠，流連哀思者謂之文。」「文者，惟須綺縠紛披，宮徵靡曼，唇吻遒會，情靈搖盪。」[21] 這是説，用典故、有對偶、諧聲調的抒情作品才叫做「文」呢。這種「文」大體上專指詩賦和駢體而言；但應用的駢體如章奏等，卻不算在裏頭。

21　《金樓子・立言篇》。

漢代本已稱詩賦為「文」，而以「文辭」或「文章」稱記言、記事之作。駢體原也是些記言、記事之作，這時候卻被提出一部份來，與詩賦並列在「文」的尊稱之下，真是「附庸蔚為大國」了。

這時有兩種新文體發展。一是佛典的釋譯，一是群經的義疏。佛典翻譯從前不是太直，便是太華；太直的不好懂，太華的簡直是魏、晉人講老、莊之學的文字，不見新義。這些譯筆都不能做到「達②」的地步。東晉時候，後秦主姚興聘龜茲僧鳩摩羅什為國師，主持譯事。他兼通華語及西域語；所譯諸書，一面曲從華語，一面不失本旨。他的譯筆可也不完全華化，往往有「天然西域之語趣」[22]；他介紹的「西域之語趣」是華語所能容納的，所以覺得「天然」。新文體這樣成立在他的手裏。但他的翻譯雖能「達」，卻還不能盡「信」；他對原文是不太忠實的。到了唐代的玄奘，要求精確，才能「信」「達」兼盡，集佛典釋譯的大成。這種新文體一面增擴了國語的詞彙，也增擴了國語的句式。詞彙的增擴，影響最大而易見，如現在口語裏還用着的「因果」

---

22 宋贊寧論羅什所譯《法華經》語，見《宋高僧傳》卷三。
② 流暢通順。

「懺悔」「剎那」等詞，便都是佛典的譯語。句式的增擴，直接的影響比較小些，但像文言裏常用的「所以者何」「何以故」等也都是佛典的譯語。另一面，這種文體是「組織的，解剖的」[23]。這直接影響了佛教徒的注疏和「科分」之學，[24] 間接影響了一般解經和講學的人。

演釋古人的話的有「故」、「解」、「傳」、「注」等。用故事來說明或補充原文，叫做「故」。演釋原來辭意，叫做「解」。但後來解釋字句，也叫做「故」或「解」。「傳」，轉也，兼有「故」「解」的各種意義。如《春秋左氏傳》補充故事，兼闡明《春秋》辭意。《公羊傳》、《穀梁傳》只闡明《春秋》辭意——用的是問答式的記言。《易傳》推演卦爻辭的意旨，也是鋪排的記言。《詩毛氏傳》解釋字句，並給每篇詩作小序，闡明辭意。「注」原只解釋字句，但後來也有推演辭意、補充故事的。用故事來說明或補充原文，以及一般的解釋辭意，大抵明白易曉。《春秋》三傳和《詩毛氏傳》闡明辭意，卻是斷章取義，甚至斷句取義，所以支離破碎，無中生有。

23　梁啟超《翻譯文學與佛典》六之二。
24　佛教徒注釋經典，分析經文的章段，稱為「科分」。

注字句的本不該有大出入，但因對於辭意的見解不同，去取字義，也有各別的標準。注辭意的出入更大。像王弼注《周易》，實在是發揮老、莊的哲學；郭象注《莊子》，更是借了《莊子》發揮他自己的哲學。南北朝人作群經「義疏」，一面便是王弼等人的影響，一面也是翻譯文體的間接影響。這稱為「義疏」之學。

漢晉人作群經的注，注文簡括，時代久了，有些便不容易通曉。南北朝人給這些注作解釋，也是補充材料，或推演辭意。「義疏」便是這個。無論補充或推演，都得先解剖文義；這種解剖必然的比注文解剖經文更精細一層。這種精細的卻不算是破壞的解剖，似乎是佛典翻譯的影響。就中推演辭意的有些也只發揮老、莊之學，雖然也是無中生有，卻能自成片段，便比漢人的支離破碎進步。這是王弼等人的衣缽，也是魏晉以來哲學發展的表現。這是又一種新文體的分化。到了唐修《五經正義》，削去玄談，力求切實，只以疏明注義為重。解剖字句的功夫，至此而極詳。宋人所謂「注疏」的文體，便成立在這時代。後來清代的精詳的考證文，就是從這裏變化出來的。

不過佛典只是佛典，義疏只是義疏，當時沒有人將這些當作「文」的。「文」只用來稱「沉思翰藻」的作品。但「沉思翰藻」的「文」，漸漸有人嫌「浮」「艷」了。「浮」是不直說，不簡截說的意思。「艷」正是隋代李諤《上文帝書》中所指斥的：「連篇累牘，不出月露之形，積案盈箱，唯是風雲之狀。」那時北周的蘇綽是首先提倡復古的人，李諤等紛紛響應。但是他們都沒有找到路子，死板的模仿古人到底是行不通的。唐初，陳子昂提倡改革文體，和者尚少。到了中葉，才有一班人「憲章六藝，能探古人述作之旨」[25]，而元結、獨孤及、梁肅最著。他們作文，主於教化，力避排偶，辭取樸拙。但教化的觀念，廣泛難以動眾，而關於文體，他們不曾積極宣揚，因此未成宗派。開宗派的是韓愈。

　　韓愈，鄧州南陽（今河南南陽）人。唐憲宗時，他做刑部侍郎，因諫迎佛骨被貶；後來官至吏部侍郎，所以稱為韓吏部。他很稱讚陳子昂、元結復古的功勞，又曾請教過梁肅、獨孤及。他的脾氣很壞，但提攜後進，最是熱腸。當時人不願為師，以避標

25　李舟〈獨孤常州集序〉。

榜之名；他卻不在乎，大收其弟子。他可不願做章句師，他說師是「傳道授業解惑」的。[26] 他實在是以文辭為教的創始者。他所謂「傳道」，便是傳堯、舜、禹、湯、文、武、周公、孔子、孟子的道；所謂「解惑」，便是排斥佛、老。他是以繼承孟子自命的；他排佛、老，正和孔子的距楊、墨一樣。當時佛、老的勢力極大，他敢公然排斥，而且因此觸犯了皇帝。[27] 這自然足以驚動一世。他並沒有傳了甚麼新的道，卻指示了道統，給宋儒開了先路。他的重要的貢獻，還在他所提倡的「古文」上。

他說他作文取法《尚書》、《春秋》、《左傳》、《周易》、《詩經》以及《莊子》、《楚辭》、《史記》、揚雄、司馬相如等。《文選》所不收的經子史，他都排進「文」裏去。這是一個大改革、大解放。他這樣建立起文統來。但他並不死板的復古，而以變古為復古。他說，「惟古於辭必己出，降而不能乃剽賊 ③」[28]，又說，「惟陳言之務去，戛戛乎其難

26　〈師說〉。
27　〈諫佛骨表〉觸怒憲宗，被貶為潮州刺史。
28　樊紹述〈墓誌銘〉。
③　古人創作所用的文辭都出於自己，後人辦不到就抄襲。

哉④」²⁹；他是在創造新語。他力求以散行的句子換去排偶的句子，句逗總弄得參參差差的。但他有他的標準，那就是「氣」。他說，「氣盛則言之短長與聲之高下者皆宜」³⁰；「氣」就是自然的語氣，也就是自然的音節。他還不能跳出那定體「雅言」的圈子而採用當時的白話；但有意的將白話的自然音節引到文裏去，他是第一個人。在這一點上，所謂「古文」也是不「古」的；不過他提出「語氣流暢」（氣盛）這個標準，卻給後進指點了一條明路。他的弟子本就不少，再加上私淑的，都往這條路上走，文體於是乎大變。這實在是新體的「古文」，宋代又稱為「散文」──算成立在他的手裏。

柳宗元與韓愈，宋代並稱；他們是好朋友。柳作文取法《書》、《詩》、《禮》、《春秋》、《易》，以及《穀梁》、《孟》、《荀》、《莊》、《老》、《國語》、《離騷》、《史記》，也將經子史排在「文」裏，和韓的文統大同小異。但他不敢為師，「摧陷廓清⑤」的勞績，比韓差得多。他的學問見解，卻在

29　〈答李翊書〉。
30　〈答李翊書〉。
④　力去陳舊言詞，努力創新，這是極困難的。
⑤　攻破敵陣，肅清敵人。比喻創作打破成規。

韓之上，並不墨守儒言。他的文深幽精潔，最工遊記；他創造了描寫景物的新語。韓愈的門下有難易兩派。愛易派主張新而不失自然，李翱是代表。愛難派主張新就不妨奇怪，皇甫湜是代表。當時愛難派的流傳盛些。他們矯枉過正，語艱意奧，扭曲了自然的語氣，自然的音節，僻澀詭異，不易讀誦。所以唐末宋初，駢體文又迴光返照了一下。雕琢的駢體文和僻澀的古文先後盤踞着宋初的文壇。直到歐陽修出來，才又回到韓愈與李翱，走上平正通達的古文的路。

韓愈抗顏為人師而提倡古文，形勢比較難；歐陽修居高位而提倡古文，形勢比較容易。明代所稱唐宋八大家，[31] 韓、柳之外，六家都是宋人。歐陽修為首；以下是曾鞏、王安石、蘇洵和他的兒子蘇軾、蘇轍。曾鞏、蘇軾是歐陽修的門生；別的三個也都是他提拔的。他真是當時文壇的盟主。韓愈雖然開了宗派，卻不曾有意的立宗派；歐、蘇是有意的立宗派。他們雖也提倡道，但只促進了並且擴大了古文的發展。歐文主自然。他所作紆徐曲折，而能條

31　茅坤有《唐宋八大家文鈔》，從此「唐宋八大家」成為定論。

達疏暢，無艱難勞苦之態；最以言情見長，評者說是從《史記》脫化而出。曾學問有根柢，他的文確實而謹嚴；王是政治家，所作以精悍勝人。三蘇長於議論，得力於《戰國策》、《孟子》；而蘇軾才氣縱橫，並得力於《莊子》。他說他的文「隨物賦形」，「常行於所當行，常止於不可不止」[32]；又說他意到筆隨，無不盡之處。[33] 這真是自然的極致了。他的文，學的人最多。南宋有「蘇文熟，秀才足」的俗諺，[34] 可見影響之大。

　　歐、蘇以後，古文成了正宗。辭賦雖還算在古文裏頭，可是從辭賦出來的駢體卻只拿來作應用文了。駢體聲調鏗鏘，便於宣讀，又可鋪張辭藻不着邊際，便於酬酢，作應用文是很相宜的。所以流傳到現在，還沒有完全死去。但中間卻經過了散文化。自從唐代中葉的陸贄開始。他的奏議切實懇摯，絕不浮誇，而且明白曉暢，用筆如舌。唐末駢體的應用文專稱「四六」，卻更趨雕琢；宋初還是如此。轉移風氣的也是歐陽修。他多用虛字和長句，使駢

32　《文說》。
33　何薳《春渚紀聞》中東坡事實。
34　陸游《老學庵筆記》。

體稍稍近於語氣之自然。嗣後群起傚效，散文化的
駢文竟成了定體了。這也是古文運動的大收穫。

　　唐代又有兩種新文體發展。一是語錄，一是「傳
奇」，都是佛家的影響。語錄起於禪宗。禪宗是革
命的宗派，他們只說法而不著書。他們大膽的將師
父們的話參用當時的口語記下來。後來稱這種體制
為語錄。他們不但用這種體制紀錄演講，還用來通
信和討論。這是新的記言的體制；裏面夾雜着「雅
言」和譯語。宋儒講學，也採用這種記言的體制，
不過不大夾雜譯語。宋儒的影響究竟比禪宗大得多，
語錄體從此便成立了，盛行了。傳奇是有結構的小
說。從前只有雜錄或瑣記的小說，有結構的從傳奇
起頭。傳奇記述艷情，也記述神怪；但將神怪人情
化。這裏面描寫的人生，並非全是設想，大抵還是
以親切的觀察作底子。這開了後來佳人才子和鬼狐
仙俠等小說的先路。它的來源一方面是俳諧的辭賦，
一方面是翻譯的佛典故事；佛典裏長短的寓言所給
予的暗示最多。當時文士作傳奇，原來只是向科舉
的主考官介紹自己的一種門路。當時應舉的人在考
試之前，得請達官將自己姓名介紹給主考官；自己
再將文章呈給主考官看。先呈正經文章，過些時再

呈雜文如傳奇等，傳奇可以見史才、詩、筆、議論，人又愛看，是科舉的很好媒介。這樣，作者便日見其多了。

到了宋代，又有「話本」。這是白話小説的老祖宗。話本是「説話」的底本；「説話」略同後來的「説書」，也是佛家的影響。唐代佛家向民眾宣講佛典故事，連説帶唱，本子夾雜「雅言」和口語，叫做「變文」；「變文」後來也有説唱歷史故事及社會故事的。「變文」便是「説話」的源頭；「説話」裏也還有演説佛典這一派。「説話」是平民的藝術；宋仁宗很愛聽，以後便變為專業，大流行起來了。這裏面有説歷史故事的，有説神怪故事的，有説社會故事的。「説話」漸漸發展，本來由一個或幾個同類而不相關聯的短故事，引出一個同類而不相關聯的長故事的，後來卻能將許多關聯的故事組織起來，分為「章回」了。這是體制上一個大進步。

話本留存到現在的已經很少，但還足以見出後世的幾部小説名著，如元羅貫中的《三國演義》，明施耐庵的《水滸傳》，吳承恩的《西遊記》，都是從話本演化出來的；不過這些已是文人的作品，而不是話本了。就中《三國演義》還夾雜着「雅言」，

《水滸傳》和《西遊記》便都是白話了。這裏除《西遊記》以設想為主外，別的都可以說是寫實的。這種寫實的作風在清代曹雪芹的《紅樓夢》裏得着充份的發展。《三國演義》等書裏的故事雖然是關聯的，卻不是連貫的。到了《紅樓夢》，組織才更嚴密了；全書只是一個家庭的故事。雖然包羅萬有，而能「一以貫之」。這不但是章回小說，而且是近代所謂「長篇小說」了。白話小說到此大成。

明代用八股文取士，一般文人都鏤心刻骨的去簡煉揣摩，所以極一代之盛。「股」是排偶的意思；這種體制，中間有八排文字互為對偶，所以有此稱。──自然也有變化，不過「八股」可以說是一般的標準。──又稱為「四書文」，因為考試裏最重要的文字，題目都出在「四書」裏。又稱為「制藝」，因為這是朝廷法定的體制。又稱為「時文」，是對古文而言。八股文也是推演經典辭意的；它的來源，往遠處說，可以說是南北朝義疏之學，往近處說，便是宋元兩代的經義。但它的格律，卻是從「四六」演化的。宋代定經義為考試科目，是王安石的創制；當時限用他的群經「新義」，用別說的不錄，元代考試，限於「四書」，規定用朱子的章句和集注。明代制度，

主要的部份也是如此。

經義的格式，宋末似乎已有規定的標準，元明兩代大體上遞相承襲。但明代有兩種大變化：一是排偶，一是代古人語氣。因為排偶，所以講究聲調。因為代古人語氣，便要描寫口吻；聖賢要像聖賢口吻，小人要像小人的。這是八股文的僅有的本領，大概是小說和戲曲的不自覺的影響。八股文格律定得那樣嚴，所以得簡煉揣摩，一心用在技巧上。除了口吻、技巧和聲調之外，八股文裏是空洞無物的。而因為那樣難，一般作者大都只能套套濫調，那真是「每下愈況」了。這原是君主牢籠士人的玩藝兒，但它的影響極大；明清兩代的古文大家幾乎沒有一個不是八股文出身的。

清代中葉，古文有桐城派，便是八股文的影響。詩文作家自己標榜宗派，在前只有江西詩派，在後只有桐城文派。桐城派的勢力，綿延了二百多年，直到民國初期還殘留着；這是江西派比不上的。桐城派的開山祖師是方苞，而姚鼐集其大成。他們都是安徽桐城人，當時有「天下文章在桐城」的話，[35]

35　周書昌語，見姚鼐〈劉海峰先生八十壽序〉。

所以稱為桐城派。方苞是八股文大家。他提倡歸有光的文章，歸也是明代八股文兼古文大家。方是第一個提倡「義法」的人。他論古文以為六經和《論語》、《孟子》是根源，得其支流而義法最精的是《左傳》、《史記》；其次是《公羊傳》、《穀梁傳》、《國語》、《國策》，兩漢的書和疏，唐宋八家文[36]——再下怕就要數到歸有光了。這是他的，也是桐城派的，文統論。「義」是用意，是層次；「法」是求雅、求潔的條目。雅是純正不雜，如不可用語錄中語、駢文中麗語、漢賦中板重字法、詩歌中俊語、《南史》、《北史》中佻巧語以及佛家語。後來姚鼐又加上注疏語和尺牘語。潔是簡省字句。這些「法」其實都是從八股文的格律引申出來的。方苞論文，也講「闡道」[37]；他是信程、朱之學的，不過所入不深罷了。

　　方苞受八股文的束縛太甚，他學得的只是《史記》、歐、曾、歸的一部份，只是嚴整而不雄渾，又缺乏情韻。姚鼐所取法的還是這幾家，雖然也不

36　《古文約選序例》。
37　見雷鋐《卜書》。

雄渾，卻能「迂回蕩漾，餘味曲包」[38]，這是他的新境界。《史記》本多含情不盡之處，所謂遠神的。歐文頗得此味，歸更向這方面發展——最善述哀，姚簡直用全力揣摩。他的老師劉大櫆指出作文當講究音節，音節是神氣的跡象，可以從字句下手。[39] 姚鼐得了這點啟示，便從音節上用力，去求得那綿邈的情韻。他的文真是所謂「陰與柔之美」[40]。他最主張誦讀，又最講究虛助字，都是為此。但這分明是八股文講究聲調的轉變。劉是雍正副榜，姚是乾隆進士，都是用功八股文的。當時漢學家提倡考據，不免繁瑣的毛病。姚鼐因此主張義理、考據、詞章三端相濟，偏廢的就是「陋」儒。[41] 但他的義理不深，考據多誤，所有的還只是詞章本領。他選了《古文辭類纂》；序裏雖提到「道」，書卻只成為古文的典範。書中也不選經子史；經也因為太尊，子史卻因為太多。書中也選辭賦。這部選本是桐城派的經典，學文的必由於此，也只須由於此。方苞評歸有光的文庶幾「有序」，但「有物之言」太少。[42] 曾國

38　呂璜纂《吳德旋初月樓古文緒論》。
39　劉大櫆《論文偶記》。
40　姚鼐〈覆魯絜非書〉。
41　〈述庵文鈔序〉，又〈覆秦小峴書〉。
42　〈書《歸震川文集》後〉。

藩評姚鼐也說一樣的話，其實桐城派都是如此。攻擊桐城派的人說他們空疏浮淺，說他們範圍太窄，全不錯；但他們組織的技巧，言情的技巧，也是不可抹煞的。

姚鼐以後，桐城派因為路太窄，漸有中衰之勢。這時候儀徵阮元提倡駢文正統論。他以《文選・序》和南北朝「文」、「筆」的分別為根據，又扯上傳為孔子作的《易文言傳》。他說用韻用偶的才是文，散行的只是筆，或是「直言」的「言」，「論難」的「語」[43]。古文以立意、記事為宗，是子史正流，終究與文章有別。《文言傳》多韻語、偶語，所以孔子才題為「文」言。阮元所謂韻，兼指句末的韻與句中的「和」而言。[44]原來南北朝所謂「文」「筆」，本有兩義：「有韻為文，無韻為筆」，是當時的常言。[45]——韻只是句末韻。阮元根據此語，卻將「和」也算是韻，這是曲解一。梁元帝說有對偶、諧聲調的抒情作品是文，駢體的章奏與散體的著述都是筆。[46]阮元卻只以散體為筆，這是曲解二。至於《文

43　根據《說文解字》言部。
44　阮元〈文言說〉及〈與友人論古文書〉。
45　《文心雕龍・總術》。
46　《金樓子・立言篇》。

言傳》，固然稱「文」，卻也稱「言」，況且也非孔子所作——這更是傅會了。他的主張雖然也有一些響應的人，但是不成宗派。

曾國藩出來，中興了桐城派。那時候一般士人，只知作八股文；另一面漢學宋學的門戶之爭，卻越來越厲害，各走偏鋒。曾國藩為補偏救弊起見，便就姚鼐義理、考據、詞章三端相濟之說加以發揚光大。他反對當時一般考證文的蕪雜瑣碎，也反對當時崇道貶文的議論，以為要明先王之道，非精研文字不可；各家著述的見道多寡，也當以他們的文為衡量的標準。桐城文的病在弱在窄，他卻能以深博的學問、弘通的見識、雄直的氣勢，使它起死回生。他才真回到韓愈，而且勝過韓愈。他選了《經史百家雜鈔》，將經史子也收入選本裏，讓學者知道古文的源流，文統的一貫，眼光便比姚鼐遠大得多。他的幕僚和弟子極眾，真是登高一呼，群山四應。這樣延長了桐城派的壽命幾十年。

但「古文不宜說理」[47]，從韓愈就如此。曾國藩的力量究竟也沒有能夠補救這個缺陷於一千年之後。

47　曾國藩〈覆吳南屏書〉，「僕嘗謂古文之道，無施不可，但不宜說理耳。」

而海通以來，世變日亟，事理的繁複，有些絕非古文所能表現。因此聰明才智之士漸漸打破古文的格律，放手作去。到了清末，梁啟超先生的「新文體」可算登峰造極。他的文「時雜以俚語、韻語及外國語法，縱筆所至不檢束，學者競效之」。而「條理明晰，筆鋒常帶情感，對於讀者，別有一種魔力」[48]。但這種「魔力」也不能持久；中國的變化實在太快，這種「新文體」又不夠用了。胡適之先生和他的朋友們這才起來提倡白話文，經過五四運動，白話文是暢行了。這似乎又回到古代言文合一的路。然而不然。這時代是第二回翻譯的大時代。白話文不但不全跟着國語的口語走，也不全跟着傳統的白話走，卻有意的跟着翻譯的白話走。這是白話文的現代化，也就是國語的現代化。中國一切都在現代化的過程中，語言的現代化也是自然的趨勢，並不足怪的。

48　梁啟超《清代學術概論》。

互動欄

文第十三

翻譯講求「信」「達」「雅」，你認為缺少了其中一項，會分別對閱讀造成甚麼影響？哪一項是你對翻譯最在乎的？為甚麼？